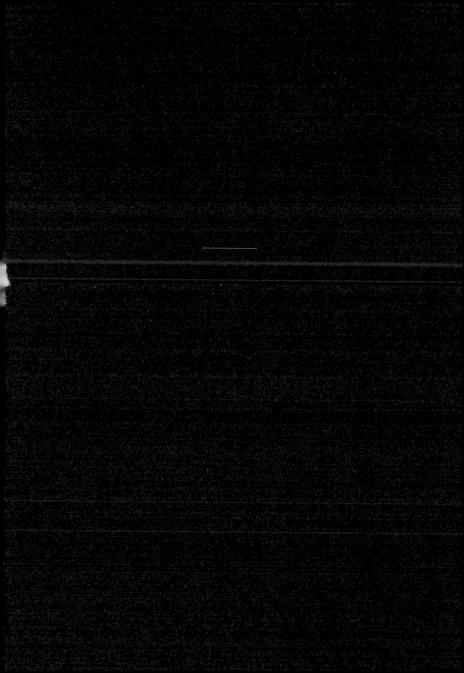

パッキパキ北京

綿矢りさ

集英社

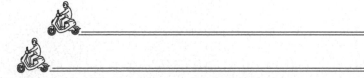

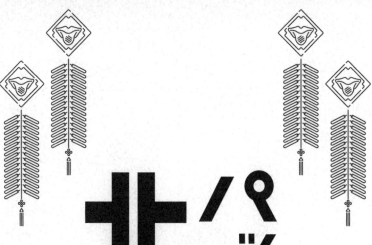

パッキパキ北京

なんかむなしい。ってのを私は経験したことが無くて、それは私が苦労してないとかじゃなく、楽しみを見つけるのが上手いからだ。

「菖蒲《アヤメ》さんは本当に偉いね。私なら〝あんた一人で頑張ってきなさい〟って言って、夫に来てくれって言われても、日本が良いって断っちゃう。中国に行くなんて、大変で当たり前なんだから、何があってもメゲないでね。心細いときがあれば、私たちに連絡してきて？　応援してるよ」

由紀乃《ゆきの》は、ぶっとい銀のフォークとナイフを持ったまま、眉は同情で哀《かな》しげに下がりながらも、口元はニンマリ笑っているという複雑な表情で、私に向かって言い、自分の言葉に深くうなずいた。

私の中国行きを知り、彼女はなぜか上機嫌だ。そしてしきりに、慰めてくれる。

「私もそう思う。菖蒲さんは良い奥さんだよ、いくら海外赴任の夫を支えるためにでも、私も無理かも。しかも中国でしょう？　いくら夫に言われても、私と子どもには日本の生活の方が向いてるし、って断ると思う」

瑞穂《みずほ》は由紀乃の腰ぎんちゃくで、大体は由紀乃に同調する。穏やかそうに見える人だけど、私と由紀乃のマウントの取り合いを眺めているときの彼女の目はいつも躍っていて、公平さに難のあるレフェリーみたいに素早く私たちの顔色をうかがい見ているから、実は彼女が一番のくせ者かもしれない。

「不便なのは大変ね、人生損してるね。幸い私は子どもいないから、自分のタイミングで、好きなときにどこへでも行ける。ラッキー♪」

私は塩をつけた飛驒牛《ひだぎゅう》A5フィレ肉のグリルステーキを口に運んだ。中はまだ真っ赤なレアで、でも外側はこんがり焼けてジューシーで、すごく美味《おい》しい。一番高価《たか》いランチコースを頼んだのも、昼からシャンパン飲んでるのも、三人の中で私一人だけだった。

中国の北京《ペキン》に出発する前、私の送別会も兼ねて三人で女子会することになった。皇居の見下ろせる、丸の内のホテル、ザ・ペニンシュラ東京最上階のこのレストラン Peterを指定したのは、私だ。私に不幸が始まったと勘違いをした二人の〝友達〟は、さっそくいそいそと、こうして集まってくれた。

「そうだよね、子どももいないと身軽でいいよね。うちの子なんてまだ小さいから、行きの飛行機の時間だけでもグズりだしそう。小さくてなんでも触るから、コロナ感染も怖いし。ねえ純粋にギモンなんだけど、菖蒲さんはコロナ怖くないの？」

瑞穂はまん丸い目をして〝純粋にギモンなんだけど〟と最初に付ければ、何を訊《き》いても大丈夫だと思ってる人だ。

「怖いとかいつまで言ってんの、意味ないでしょ。それより瑞穂さんの子ってそんな手がかかるの？　イヤね、中国までの、たった四時間ぐらいの飛行機でもじっと座ってられないなんて、ちゃんとしつけした方がいいよ」

飛騨産地鶏《じどり》胸肉のグリルとナイフで格闘していた由紀乃がスッと顔を上げて、にこやかに話しかける。

「菖蒲さんは、ペイペイちゃんはどうするの？　いつまで行くか分からない駐在なら、ご実家に預けるとかも難しいよね？」

「もちろん一緒に行くわよ。もう入国に必要な検疫証明書は取ったから」

「あらー、ペイペイちゃん、心配ね。菖蒲さんは平気でも、あの子は飛行機怖がるかもしれないね、かわいそう」

「あの子なら大丈夫、そんなタマじゃないから。多分飛行機乗っても好きなだけ吠《ほ》えてるよ」

「なんで犬の気持ちが分かるの？　元気そうに見えても内心こたえてるかもしれないじゃない。寿命とかにも影響するかも。ペイペイちゃん、飼い主のせいで住む環境も変わっちゃってかわいそう」

「確かに怯《おび》えても吠えるのかもね。由紀乃さんと会ったときのあの子、すごかったもんね。くせ者はすぐ見抜くから」

瑞穂がこらえきれず、思い出し笑いをもらす。いつか女子会にペイペイを連れていたとき、リードが切れそうなぐらい激しくペイペイが由紀乃に向かって吠えたので、彼女は青い顔をして後ずさっていた。

「もーヤだ、菖蒲さんたら。そっちこそ犬のしつけちゃんとしなさいよね」

笑う由紀乃から底知れぬ闘志を感じる。メラメラ炎が私の頬を照らす。

「そういえばさ、うちの娘が最近反抗期で、私の言うことちっとも聞かないの。この前もすごく短いスカート穿《は》いて出かけようとするから止めたら、〝若いんだから大丈夫〟って生意気に言い返してきて」

「でも由紀乃さん、短いスカートなんて、今流行《はや》ってないでしょ。若いコでも穿いてるコ少ない気がする」

「それがまた、再流行してるみたいなのよ、瑞穂さん。私たちが子どもの頃に流行ったような、マイクロミニスカートが」

「まあ若くて似合うならいいじゃない？　お肌にハリがあってピチピチしてる、そういう時期にしか穿けないんだから」

「そうね、膝に年齢が出る年になると、恥ずかしくってもう穿けないもんね」

言いながら、しれ〜っと二人が、今は白いナプキンの下に隠れてる私の脚に視線を送ってくる。私は遠山《とおやま》の金《きん》さんが袖を抜いて肩の桜吹雪を見せるときのように、ステーキのしみのついたナプキンをバッと払って、太ももの真ん中までしかない丈の黒いミニスカと、そこから伸びる長い脚を開帳した。

「娘さんにはちゃんと教えてあげないとね。世の中にはミニスカの似合う年齢の女と似合わない年齢の女がいるんじゃなくて、ミニスカの似合う女と似合わない女がいるだけってこと。私みたいな小さな膝頭と細長い脛《すね》を持ってる美脚の人間には、何歳になってもミニスカを穿く権利が永遠にあるけど、娘さんはどうかな」

二人は苦笑し顔を見合わせた。眉根を寄せた由紀乃が呆《あき》れたお母さんみたいな顔でアドバイスしてくる。

「すっごい自信満々だね。もしかして私の娘と張り合ってる？　イヤだ、あの子十六歳で、あなたより二十も年下なんだけど。でもまあ、あなたには何を忠告しても聞く耳持たないって感じかな？　その年でも自信があるのは素敵だけど、でも中国ではもうちょっと年相応の恰好《かっこう》をした方が良いかもね？　恐《こわ》い目に遭わないように」

食事が終わり、子どもが帰ってくるから家に帰るという二人と別れたあと、ショッピングするために歩いて丸の内仲通りに入った。スマホに着信、美杏《ミアン》からだ。

「ショウブ姐《ねえ》さんごめんね、出国前に会いに行けなくて。やっぱ仕事終わりの時間は全部泰《たい》きゅんと一緒にいたくって」

「いいよ別に。そんな遠いとこ行くわけじゃないし」

謝ってるのに全然悪びれない様子の美杏は銀座時代に同じ店で働いてた後輩で、

気が合った。彼女の方が私より五つも年下だから、私がテーブルに着くときはいつもヘルプとして入ってくれていた。美杏は豊満な身体で酒とコーラが大好き、小岩が二つくっついてるような巨乳だったから、入れてんのかと訊いたら自前だった。

いつも男に騙《だま》されるし、行き先とか考えずにフィーリングでホームに滑り込んできた電車に乗っちゃうし、どうしようもないところもあるけど普通に良い奴だ。

「中国は遠いでしょ普通に」

「えー隣の国だし、そんなでしょ」

「ショウブ姐さん、なんか危機感無いね」

美杏は私をショウブ姐さんと呼ぶ。前は普通にアヤメと呼んでいたけど「アヤメさんてアヤメはアヤメでも、剛力彩芽《ごうりきあやめ》に悪霊乗り移らせたみたいな顔してますよね」と言って客の笑いを取ってたことがありムカついたので、呼び名を変えさせた。アヤメさんと呼ぶ度にそんなこと思ってたのかと思うと許せん。

「今何してるの?」

「さっき例の女子会が終わって、街歩いてるとこ」

「あーあの女子会、まだやってるの？　姐さんも好きだね」

どんな女子会か知ってる美杏は呆れた声を出す。呆れるのも無理はない、なんであんな会をもう何年も続けてるのか私にも分からない。きっと残りの二人も分かってないだろう、二人はもともと友達同士だったみたいだけど、私とは昔同じジムに通っていただけのうっすい縁だ。でも妙なところでウマが合うのか、何か個人的なニュースが誰かにある度に集まって、マウンティングし合ったり暗にけなし合ったりしてる。二人が裏で私のことを〝節子《せつこ》〟というあだ名で呼んでることも知ってる。誰がつなぎ融資の女王だ。でも私がエキサイトしてるのは確かだ。あっちもあっちで普段の生活に刺激が足りなくて、私というスパイスを求めてるところもあるだろうから、きっとWin-Winだ。

「北京で久しぶりにダンナと会えるなら、やっと子作りできんじゃん。ガンバんなよね」

「えー私そんな気、ちっとも無い。セックスは良いけど子どもは要らん」

だってなんだか、邪魔くさそうだ。幼い時分の彼らの背は小さい。だから彼らの世話をするとき、私は必ず屈《かが》んだり、しゃがんだりしなきゃいけない。もっと小さい赤ちゃんの頃は、抱いて歩かなきゃいけない。きっとずいぶん重いに違いない。

でも一番の理由はピル飲めないのがイヤだからで、十七のときからピル飲み続けてるから飲まないと肌終わるようになってて、その犠牲がイヤ。

子どもなんて私にはまだまだおっくうだ。でも夫は欲しいと結婚する前から匂わしてたから、確かに北京で我々が合流したら圧をかけてくるかもしれない。

「じゃあ、そろそろ切るね。また日本に帰ったら泰きゅんとやらに会わせて」

「えっそれは無理」

美杏は私に自分の彼氏を紹介してくれたことがない。

「なんで？」

「だってショウブ姐さんの手癖がどんだけ悪いか、よく知ってるからね。お前のものは俺のもの、俺のものは俺のもの精神でしょ、姐さんって。ジャイアンと親戚だし」

「親戚にジャイアンはいない」

「とにかくダメ！　今回の恋は本気で大事にしたいから」

「恋なんて幻想だよ。女は勃つもの無いから発情を〝恋♡〟とか高尚なもんと勘違いしてるだけ」

「はいはい、うるさい。じゃあ、気をつけて行ってきてね♡」

コロナ禍となる少し前、二〇一九年の秋に夫が中国の北京に赴任してから早三年、私は日本で美杏と遊び狂っていた。夫が中国へ行き私が自由な身になったのと、美杏が付き合ってた彼氏から別れ話が出て、傷心でヤケになってたのが同時期だったせいで、お互いタガが外れ、GoToキャンペーンを利用したりして日本津々浦々を旅行した。全国旅行支援を使って行った青森の天然温泉のホテルでは、初めて食べたせんべい汁が美味しすぎて何度もおかわりして美杏に笑われた。

GoToトラベルのときもだけど、緊急事態宣言とか出てて日本中しんとしてるときは、飛行機も新幹線もホテルの予約も底値で取り放題だったから、二人で日本中、死ぬほどウロウロ旅行した。能登《のと》半島の和倉《わくら》温泉、静岡の高級SPA施設、宮古島《みやこじま》の一軒貸切タイプのリゾートコテージ、どこもスッカスカで他に観光客いないし、開いてる飲食店が少ないのには苦労したけど人気な場所も全然並ばずに行けたりして、私たちはゴージャスに楽しんでいた。もちろんコロナには罹《かか》って三日ぐらい動けない日もあったけど、後遺症とかも頭がぼーっとするのが半年続いたとか味覚が消えてコーヒー飲んでてもアロマを感じなくなったとかそれぐらいで、ノーダメージに等しい。

新しい男ができた途端、私とは全然遊ばなくなった美杏だけど、また発情かと呆れながらも、私は彼女の若さがちょっとうらやましい。恋が発情だと気づくのは、自分の勃ちが悪くなってからだからだ。

そんなある日、だいぶ痩せて暗い表情になった夫がスマホの画面に映り、自分は中国に馴染《なじ》めず適応障害気味だ、厳しいコロナ対策で家からも出られず、毎朝PCR検査して鬱寸前だ、早く側《そば》に来て助けてほしいと訴えかけてきた。そんなこと言ってもビザも出にくいし、隔離で長期間カンヅメなんてイヤだから無理と言ってたけど、夫の秘書がビザエージェントを手配して、遂《つい》に今年、二〇二二年の十一月に家族帯同ビザの発行許可が出て、行かざるを得ない状況になった。

中国に特に思い入れは無い。中国語も喋《しゃべ》れないし、どんな国かも知らないし、夫に呼ばれたから行くだけだ。ただ中国人には少し思い出があり、あれは銀座のホステス時代のこと。

あの頃の私は客からもらったプレゼントを新宿の大黒屋《だいこくや》で売り、その金で銀座で自分の好きなものを買うという錬金術が日常の日々だった。銀座、特に車道を歩行者天国に開放した休日に銀座通りの真ん中を練り歩いて気になったブランドショップに出入りするのは至福のひとときで、それなのに中国人を乗せた観光バスが銀座のど真ん中でどっさり客を降ろすし、まあそれはいいんだけど、問題は降りた彼らが私よりもずいぶん羽振りの良いことだった。

まだホステスとしてペーペーだった若すぎる私は、パパも見つけてなくて貧乏で、でもどうしてもブルガリのセルペンティの時計が欲しかった。ブルガリの店舗で買えるのがベストだけど定価だと高価すぎるので、いくらか値引きされてると噂《うわさ》の、秋葉原ヨドバシカメラの時計売り場で買うことにした。目当ての時計は確かに安売りされていたが、それでもなかなか手の出ない値段でじっと考えあぐねていた。そんな私の横でジャージ姿の女性が、店員二人掛かりで超熱心に接客されてて、何者かと思ったら、どうやら中国の富裕層らしく、私の目の前で高級時計を四本も五本もサーッと買っていった。その間私は誰からも接客されず、こっちは一本の時計を買うか買わないかもう一時間近く悩んでいるのにと思うと口惜《くや》しかった。何より許せなかったのが、そのときの女性の恰好だ。まるで朝市に魚を買いにきたような、上下ジャージ姿にすっぴん、ひっつめ髪で、ヨドバシカメラにわざわざオシャレしてこいとは言わないけど、それでも高級時計をまとめ買いするときには何か普段より気取ってもいいんじゃない。私は高級なお買いものをするときは限界値までめかし込むのが通例で、その日も一つだけ持ってたずいぶん昔のシャネルのワンピースを着て、丹念に化粧して、ドレスアップしていた。

結局、私はテンションが下がってブルガリの時計を買わずに帰宅した。オシャレし損な日だった。

今なら夫のお金という後ろ盾がある、北京に行ったらブランド物を買えるだけ買おう。

ビザは取れたものの北京の夫のいるマンションに行く前に十日間ほどホテルで隔離されなければいけないと言われ、隔離とかイヤだけどせっかくなら北京からまあまあ近い場所にある青島《チンタオ》の海辺のリゾートホテルで過ごしたいとリクエストしたら、夫の秘書の人が手配してくれた。ペイペイと共に青島膠東《ジャオトン》国際空港に降り立つと、消毒されつくした空港はどのテーブルも廊下も、表面は消毒液の白っぽい霧のような飛沫《しぶき》で覆われていた。人の少ない空港の、コロナ対策を徹底して誰も喋らないものものしい雰囲気、個室での喉からのPCR検査、中国語だらけの手続きをなんとか終えて、ようやく入国することができた。ペイペイの様子はいつもと変わらず、寒い外気にふるえながらもギャワンギャワンと吠えている。

空港から出てバスに乗る前に、頭にかぶる使い捨てのキャップ、手袋足袋《あしぶくろ》を渡された。バスの中は噴射した消毒液で座席も通路も窓も白っぽくなっていて、全身真っ白の防護服を着た係員が乗客の人数確認をしていた。

大型バスが走り出し、開発中の土地や中国の赤い国旗がはためいている以外、特に何もない景色が続くなか、十人足らずの客が乗ったバス内では感染予防対策もあり誰も一言も喋らなかったが、青島の中心部に着くと、一人の老人が低い声で中国語の民謡みたいなのを歌い出した。このあたりが故郷で、やっと戻ってこられたのかな。でも全然違うかもしれない。

ウィンダムグランドホテルに着き、バスを降りるとまた白ずくめの防護服の人が中からわらわら出てきて、ロビーでパスポートを確認されたり宿泊代をカードで払ったりした。広いホテルには通常の客はいなくて、隔離中の人間しか泊まってないから、豪華なロビーもがらんとして、ほとんどの場所は入れないようにパーテーションで仕切られていた。スーツケースとペットバッグを携え、エレベーターで昇り自分の部屋のドアを開けると、天井の高い広いリゾートルームと、窓の向こうには銀沙灘《インシャタン》の海が広がっていた。さっそくペイペイをバッグから出すと、彼女は白く短い尾を振りながら全力で走り、ずっと閉じ込められてた憂さを晴らすように、部屋中を駆け回った。私もふかふかのキングサイズのベッドに腰を下ろしてふーっと息を吐く。さすがの私も、ずいぶん緊張していたようだ。

急きょ隔離期間が短縮されたと連絡が入り、ラッキーなことに十日から八日になった。しかし今日から八日間、この部屋から一歩も出られず、三度の食事はドアの前に置いてもらい、毎日のように鼻のPCR検査をする日々が始まる。

家にいるときでさえじっとしていられない性分だから、この閉じ込め生活はかなりキツイ。でも結婚してから割とすぐの時期に中国での駐在が決まり、ごく短い期間しか一緒に過ごしてない夫は、北京でロックダウン状態になりマンションに閉じ込められたりしていたので、竜宮城に行ったまま帰ってこない浦島太郎《うらしまたろう》のように、とにかくずっとコロナ禍の続いてる人になっていた。日本でのらくらしてる私がよほど恨めしいのか、君が来ないと僕たちの結婚生活は完全に破綻してしまうかもしれない、とも電話で仄《ほの》めかしていた。夫がＳＯＳを出してるときに駆けつけなければ、私は離婚されてしまうかもしれない。離婚はまずい、食いぶちが無くなる。

耐えるしかない……。

サッシに近づき、もしかしたらバルコニーに出られるかもしれないと、一縷《いちる》の望みをかけてドアを開けようとしたら、五センチしか開かない。その隙間に顔を挟んで、キラキラ水面が光る晴天の海を見つめながら顔だけ青島の風に吹かれていたら、ペイペイが五センチの隙間から外へ脱走しようとしたので、あわてて閉めた。

ホテルは三食の弁当の他にルームサービスを有料で頼むこともできたのだが、酒も頼めて特にリキュール類が豊富。まずは青島ビールでしょと初日にビールを頼んだ他、ワインもウィスキーも取り寄せて、毎日海を眺めながら昼から飲めて幸せだ。青島ビール五缶とアサヒビール二缶、メルローの赤ワイン。ご飯は中華かと思ったら外資系のホテルなので基本洋風。朝の弁当はゆで卵と柔らかい薄茶色の食パンが二枚、焼いたベーコン、昼は白飯とターキーのロースト、夜は塩コショウして殻ごと焼いた海老《えび》、セロリと角切りの牛肉と人参《にんじん》のトマト煮込み、日本人の喜ぶサンマの塩焼きも出た。何度飲んでも何が入ってるか分からないほど具材がミキサーで粉々にくだかれているドロリとした灰色のスープは異様に美味しく、紙カップには結構な量が入っていたが温かいうちにと全部飲み干した。多分マッシュルームとチキンだと思うけど、ドロドロすぎて分からない。

冬至の日の昼食は水餃子《すいぎょうざ》だけが紙製のランチボックスにぎっしりと詰まっていて、刻みニンニクの入ったたれをつけて食べた。中国の北の方では冬至の日は水餃子を食べるのが習慣らしい。

室内で運動もろくにできないまま、三食きっちり豊富な量の弁当を食べて、部屋に体重計は無いものの自分がどんどん肥えてゆくのが分かる。

隔離期間中にちょうど生理になったのも良かった。生理中に活動したいバカなんていない。生理中は陰惨な気持ちになって外にも出たくないから、隔離というより長い生理休暇だと思えば悪くない。

暇すぎてスマホを見ているときに、中国語の文章も一つだけ学んだ。

我不是变态，就算是变态，也只是冠有变态之名的绅士！

これは「ギャグマンガ日和」というコミックに出てくるクマ吉という、少し変態性を帯びたクマのキャラクターが発する台詞《せりふ》で、日本語だと「変態じゃないよ、仮に変態だとしても変態という名の紳士だよ！」となる。中国語にしても迫力はそのままだ。むしろ全て漢字になったことで、クマ吉の自信満々な変態性が増幅され、輝きが増している感さえある。中国のbilibiliというアプリで動画を見ていたとき偶然出会ったこの格言に私は感動して、紙に赤字で手写して隔離の部屋の壁に貼った。

ホテルでの世話係はみんな白い防護服を着ていたが、彼らは大白《ダーバイ》さんと呼ばれ、写真で見ると宇宙服でも着てるかのようなものものしい雰囲気だったが、実際に見ると手づくり感満載だった。白く薄いビニールをテープで繋《つな》ぎ合わせたようなもので全身、顔はもちろん頭部まで覆い、手もビニール手袋をつけ、靴も白いビニールで覆っていて、通気性が悪そうで身動きが大変そうだった。彼らが歩くと、のしのしと足裏を覆うビニールが床に擦《こす》れる音が響き、喋る声はくぐもって聞こえ、この恰好で一日中仕事するのはとても骨が折れそうだ。トイレとかどうしてるんだろう。

ＰＣＲ検査で大白さんが来るとき、ペイペイは飛び出さないよう部屋の奥の方に繋いでいたが、ギョロついた大きな目を剝《む》いてけたたましく吠えるので大白さんが喉ぬぐいのための細長い綿棒を持ちながら、アィヤ、アィヤと怯えていた。

彼らはスマホの翻訳機能を使って、機械音声の日本語で私に話しかけてきた。今は外国人とこうやって会話すれば良いんだ。スマホなら私も持ってる。無料の翻訳アプリをインストールして、もう出来上がり。語学の勉強なんか必要無し。彼らの身体でこちらから見えるのは防護服越しの両目だけで、あとは声から察するに若い人が多く、ほとんどが二十代前半に見えた。男性も女性もいて、みんな親切でソフトな喋り方で中国語を話し、私が中国語を理解しないと手に持ってるスマホで日本語に翻訳した文章を見せて知らせてくれる。

ホテルの室内はすごく乾燥していたので、夫の秘書の人に加湿器を買って送ってもらった。あとめっちゃ暇なんだけどって言ったら、ニンテンドースイッチも買って送ってくれたから、ずっと「あつまれ どうぶつの森」をプレイしていた。聞いてた通り、たぬきちの商魂はたくましく、私は何度も家のローンを組んで借金返済に追われた。加湿器をずっと稼働させてるのに、それでも足りないらしくて指がカサカサになってきた。ホテルだから湿度が低いのか、中国だから湿度が低いのか分からない。ハンドクリームを忘れてきたので朝食に出たバターを塗ってみた。ギトギトしてバター臭いし、肌にもほんとに良いのか分からなかったけど、少なくともあかぎれはなくなり、指や手の甲がふっくらしたから、毎朝塗った。バターを指に塗ったのを忘れてスマホを触ると、画面がバターの指紋まみれになった。

酒を飲みながらベッドに座り、何時間ものっぺりした海を眺めていると、時間の感覚を失いそうになった。朝焼けも夕暮れも、空が七色に染まり美しい。海は沖縄ほど真っ青というわけではなかったけど、綺麗《きれい》で、風の強い日には波打ち際で波がくだけて白く泡立つのが遠目からも見えた。海も太陽も昼間の空も美しかったけど、夜の星だけはあまり見えない。

冬の青島は冬の東京と同じくらいの気候で、十二月の今結構寒いはずだけど、快晴の青島の砂浜には昼間になると散歩する人たちがちらほらいて、私も浜辺を歩きたいなと思いながら窓に張りつき、点のようにしか見えない距離にいる人々を眺めた。すぐ近くにあるのに、訪れるのを許されない海だ。

急な規制緩和により、北京始め中国全体でコロナが蔓延《まんえん》してるようだったが、もともと蔓延してた国から来た私にとっては、コロナより強制隔離の方、PCR検査で陽性が出たら地方の病院へ移送され、他の陽性者との相部屋に入院させられる方が恐い。コロナは日本で既に二回罹ってて、注射が嫌いでワクチンは一回も受けてないからある程度覚悟もしていて、免疫ができてるかどうか知らんけどとりあえず青島でも北京でも外に出まくって遊び回りたい。ゼロコロナからコロナは風邪までダイナミックに方針を変えたわけだから、まあいいんじゃないだろうか。夫に聞いたらもともと三週間や四週間の隔離もあったらしいし。

LINEも使えない上に、夫にきつく言われて、中国に着いてからは今までマメに更新していたSNSもやらなくなったから、日本との距離が急に遠くなった気がした。用心しすぎと思うけど、夫は心配性だからできる限りは合わせてあげたい。

ペイペイはソファに置いてあったクッションを気に入って、私が止めるのも聞かず、嚙《か》んでボロボロにした。隔離を終えて部屋を出て行くとき、すぐに見つからないようクッションはソファの後ろに隠した。

ちょうどクリスマスイブに隔離を終えた私たちを青島まで迎えに来たのは、多忙の夫ではなく、夫の秘書の人だった。渡された名刺には田中大《たなかだい》とある。日本人だ。

「カクリ、おつかれさまでした。今日は移動はつかれますから、近くのヒルトンホテルにイッパクしてから、帰りましょうね」

日本語に少しなまりがあり、ルーツが混ざっているのか、それとも中国暮らしが長くなりすぎて日本語がちょっと下手になったのか、理由は分からないがわざわざ聞くことでもない。それより彼と待ち合わせのために初めてホテルの外に出た私は、あまりの寒さに、ちょっと喋るだけで喉が凍りつきそうになった。さすが氷点下の世界だ、寒すぎる。ホテルの中は暖かかったけど、外はダウンコートを着てても凍りつきそう。

車で到着したヒルトンホテルは、隔離用のホテルではなく一般客のみのはずだったが、クリスマスイブにもかかわらず、ほとんど誰も泊まってなかった。ロビーには高さ十五メートルくらいのクリスマスツリーと直径五、六メートルぐらいの巨大なリースが飾られ、広間の大階段もリボンがあちこちに結ばれている。全ての装飾がゴールド、緑、赤というオーソドックスなクリスマスカラーで統一されている。ワクワクするほど世界観が作りこまれてるのに、肝心のそれを見る人たちが私と田中さんと、あと数人の宿泊客しかいない。

「お客さん、全然いませんね」

「外出制限はカイジョされましたが、まだみんな恐がって外出ない」

ホテル二階のレストランで青島名物のホラ貝の海鮮蒸しや、鰆《さわら》の餃子などを食べているときに、田中さんから「旦那様からクリスマスプレゼントです」と箱を渡され、中身がずっと欲しかったボーイシャネルのバッグだったので、私は飛び上がってなぜか田中さんにお礼を言った。ずっと夫にねだっていたけど、高価すぎると渋られていたバッグを、やっと手に入れた。わざわざ中国に来たごほうびかもしれない。

その夜夫とスマホでテレビ電話して、プレゼントのお礼を言った。

「今日どうしても出なきゃいけない会議があって、イブに会えないのは残念だけど、まあ君の隔離が無事に終わって良かったよ」

「中国でクリスマスイブにも仕事してるのってあなたぐらいでしょ」

「そんなことは全然ない。ライバル企業が休んでる間に自分たちが頑張ることで、今年の利益のマイナスを挽回《ばんかい》できるメリットもある」

最初冗談かと思ったけど、黄砂の影響でか血走った目をしている夫の表情は本気だった。

「でもまあ、君は良い時期に来たよ。毎日のＰＣＲ検査も無くなったし、お店や公共交通機関を利用するときに必要だった健康コードも要らなくなるらしいからね」

「そうなの？　お酒飲む以外することなくて、隔離の間にアル中になりそうだったよ。ねえ、ペイペイへのクリスマスプレゼントは無いの？」

「そんなもの無いよ」

「なんで？　ペイペイも隔離頑張ったのに」

「あの狂暴なチワワがうちに来ると思うと、本当に憂鬱だよ」

「ペイペイは私の相棒だよ。せっかく連れてきたのに、うち以外どこへ置いておけるっていうの」

画面のなかの夫が、憂鬱そうにため息をついた。夫はいつまで経《た》ってもペイペイの名前を覚えず、しかも犬種もちゃんと覚えずチワワとか言う。ロシアントイテリアなのに。夫とペイペイが同じ家に暮らしたのは二ヶ月ほどだったが、まさに犬猿の仲という感じで、全然仲良くなれてない。

「あのチワワを見てると、濡《ぬ》れて狂暴化したグレムリンを思い出すんだよ、僕は」

「グレムリン、何それ？　化学薬品？」

「君は知らない世代か。まあいい。とにかくあの犬をこっちの部屋には入れないでくれ」

電話のあと、濡れたグレムリンでスマホで画像検索したら、クソ気持ち悪いトカゲとエイリアンの間みたいなバケモノが出てきて、夫にはあの可愛いペイペイがこんな風に見えてるんだと知って笑いが止まらなかった。確かにペイペイは夫を見ると、嚙みつくことしか考えてない。

ペイペイとはお台場海浜公園に元彼とウィンドサーフィンしに行ったとき、私の方が先に飽きて、アクアシティお台場でウィンドウショッピングをしてるときに出会った。ケージの中にちょこんと座ってるのを見て、そのつぶらな瞳と耳に生えた長い上品な毛に一目ぼれして衝動買いした。購入当時はおとなしい性格だったけど、甘やかして育てたら、トイレの場所以外は一切規則を守らない、すごい性格の犬に育った。でも私はペイペイが好きでたまらない。耳の長い毛を逆立てた、グワーとした怒りの形相も、耳をつんざく甲高い吠え声も、華やかで良いと思う。中国に来る前、一時は実家に預けようかと気の迷いがあったけど、やっぱり一緒に中国に来て良かった。多分実家に頼んでも、預かってくれなかっただろうし。ペイペイの問題というより、私が最後に実家を出るときに母に言われたのが、「あんたって子は、物は盗らないけど、本質的には泥棒だね！」って言葉だったから。未《いま》だに実家暮らしの妹は私が出てくときに玄関先に塩をまいていた。

元はペペという名前だったけどなんの因果か電子マネーのPayPayを使うようになってからは、どれだけPePeと発音しようとしても自動的にPayPayと言ってしまうモードから抜けられなくなったので、最近はもうペイペイと呼んでいる。

「あ、じゃあペイペイで支払いを」

そう何度か口にする度に、私の中でペペとペイペイがごっちゃになっていった。支払いはペペで、とか、ペイペイこっちおいで、とか間違って言うようになってややこしいので、ペイペイで統一することにした。ペペもニューネームをなんの苦もなく受け入れた。というか呼び名が若干変わったことに気づいてないようだった。

翌朝は高鉄《ガオテイエ》という、日本で言うところの新幹線みたいな列車に乗って北京に行く前に、金沙灘《ジンシャタン》のビーチを訪れた。狭い部屋ではないといえど、八日間室内に軟禁状態だったペイペイは、金沙灘の海を目の当たりにすると、狂ったように砂浜を駆け回り、流れ着いてる海綿か昆布のような黒い物体を引き裂いたり、砂から掘り出した貝がらをかみ砕いたりして暴れていた。

外に出られない間、あんなに浜辺を歩いてみたいと焦がれて眺めていたビーチが目の前にあるにもかかわらず、実際に浜辺を歩いてみても隔離期間中の渇望が消えないのは不思議だった。渇望も羨望も叶えられず、手の届かない遠くにいるときが一番輝いて見えるのかもしれない。なんて。帰り道で青島ビール城に寄ってみたが屋台や遊園地のアトラクションは全部閉まっていて、観光地の楽しそうな雰囲気がまだ少し残っている分、哀愁の増したゴーストリゾートタウンだ。歩道にはミニソーラーシステムとミニ風力発電を合わせたような街灯が間隔を空けて立ってて、風が吹く度てっぺんで風車ひこうきみたいなのがクルクル回って可愛かった。青島のエネルギー源の一つなのだろうか。

ヒルトンをチェックアウトして、青島北駅に着いた。駅のホームでは、飛沫避《よ》けのフェイスシールドを装着してる親子連れも見かけたし、全体的に感染に怯えてぴりぴりしてる雰囲気が伝わってくる。北京行きの高鉄に乗ると、疲れからかすぐ寝てしまった。起きたらもう天津《てんしん》の近くで、後ろの座席に座ってる男性が激しい咳《せき》をしていた。するとその男性の隣の男性が中国語で、何か注意するようなことを言い、そしたら言われた男性は怒ってもっと激しく咳をするようになった。多分、もう咳をするなとか、咳をするなら手で口元を押さえるか反対側を向いてしろ、などと言われて頭に来たのだろう。注意した男性はあきらめたのか、深いため息をついている。

北京南駅に着き田中さんが手配してくれた車でマンションまで行くと、夫が一階のロビーのところで待っていて、約三年ぶりの再会にもかかわらず、私たちは喜ぶでもなく抱き合うでもなく、まるでつい昨日も会っていたかのように「待った?」「そうでもない」と普通の会話をして部屋に上がった。夫は日本にいたときより痩せて青黒い顔をしていたが、自分は適応障害気味だと語ったときの憔悴《しょうすい》しきった表情は影を潜めていた。私よりずいぶん年上だからか、もともと弱みを見せたことのない人だったので、私と直《じか》に会うことで感覚が昔に戻ったのかもしれない。

日本人を始め外国人も多く住む、サービスの行き届いた高級マンションを借りていると夫から聞いていたから期待したけど、なんのことはない、部屋が広いだけの普通の古いマンションだった。十五階建てで一九九五年築、３ＬＤＫ。毎日の夕食を作ってくれる阿姨《アーイー》さんと、あと週二回のハウスクリーニングが入るというから、それは良かった。実質家事はなんもしなくて良さそうだ。ペイペイの居住スペースは小さな部屋丸ごと一つ献上というスペシャル対応だったが、その代わりリビングや夫の書斎には絶対に彼女を侵入させてはいけないというルールだった。

「久しぶりなんだからペイペイにも挨拶して」

とペットバッグを開けようとしたら、夫は「ペットルームに持っていきなさい」と言って自分はリビングの奥の方へ逃げてしまった。

次の日から私は早速北京市内の観光を始めた。新しい外国に来た興奮と、今のコロナの難しい時期に北京に来る外国人なんてそうそういないだろうっていう、レアピープルの優越感が脳天にビリビリ突き刺さって強炭酸の刺激。クゥーッ、来たァ！　隔離で閉じこもってた分のエネルギー使うときが来たぁァ！　何日かは田中さんがサポートしてくれるとのことだったので、とりあえず早朝から車を出してもらう。

「まずは世界遺産の故宮《こきゅう》にでも行きますか?」

「ううん、日本で言う銀座みたいな街って北京にある?」

「ギンザ……ですか。私はあんまりギンザに行ったことがないけど、その街で何がしたいですか」

「ショッピング! 北京がこんなに寒いって知らなかったから、冬服を買いたいの」

「それならSKPに行きましょうか」

田中さんが連れて行ってくれたのは、外資系ブランドがひしめく巨大ショッピングビルで、ここもコロナのせいかほとんど客がいない。日本の百貨店に比べて一フロアの面積がバカでかく、歩いても歩いても新しいブランドの店舗が出てくる。しかしブランドの顔ぶれは本当に銀座と変わらない、世界的に有名なブランドばかりで、あんまり中国まで来た感が無かったので次第に飽きてきた。こーいうショッピングモールや百貨店でブランド物買う人って、ある意味すごい。同じ金額を払うなら、私ならブランド直営店で買う。ブティックの重い扉をドアマンに開けてもらって買った方がよっぽど特別な雰囲気出るし、店内も良い匂いだし内装もおしゃれ、ディスプレイも凝ってるしチヤホヤもされるのに。でもこんな〝コーナーの一角〟みたいな小規模な場所で軽く品物見て似合うの買ってパッと出てくるのも割とカッコいい気がして嫉妬する。だから今日はここで買う。グッチでは青年実業家みたいな脂ぎった顔の、背は若干低めな男性が美しい女性を連れて、ジャケットを試着していた。客が少ないからか、店員は二人がかりで彼を接客してる。多分彼は買うんだろう。あれは買わずに出てこれる雰囲気じゃない。

私は田中さんを引き回して数々のフロアを回った挙句、ロエベで羊毛の分厚いコートを買った。店員との中国語のやり取りは田中さんが全部やってくれて、謎のVIP外国人みたいになれて気分がアガる。外に出て、得意満面でそのコートを羽織ったのだが、まだ寒い。街を歩く人たちの恰好を見ると、どうやら中に厚着した挙句ダウンコートを着込んでモッコモコにならないと、とても冬は越せなそうだ。当たり前だがみんなズボンで、スカートの人なんていない。頭には毛糸の帽子をかぶって手は手袋で守り、それでも寒そうに首を縮めて歩いている。女性はブランド物の小さめのショルダーバッグを肩から下げている人が多くて、大体グッチだったので、夫にもらったばかりの黒のボーイシャネルを早速持ってきてる私は優越感を覚え、バッグ中央のロゴを撫《な》でたり、チェーンをわざとじゃらじゃらいわせたりした。足元は男女関係なくスニーカーの人がダントツに多くて、スニーカーは防寒には適してないのに、歩きやすい利便の方を採ったのかなって感じがした。つまりこの国に住んだら日常たくさん歩かなきゃいけないのだ。広いからかな。

じゃあ、とダウンコートとスニーカーを買いにSKPの中へ戻ったが、そんな商品への購買意欲はゼロに等しかった。実用性はあるけど、全然キラキラした買い物じゃない。失意のなか歩いていると、客が少なくてもシャネルの店舗前には短い行列ができていた。ブランド店前の行列は旅立つ前の銀座でもたくさん見かけた。感染対策のため入店制限が設けられていて、客は自分の番が来るまで暑くても寒くても店舗の前で待っていなければならない。

日本にいたときはそんな行列は特に気にならなかったが、中国でも人が並んでるのを見ると不思議な気持ちになった。シャネルに並ぶのは、人気のラーメン屋に並ぶのとは訳が違う。感染対策うんぬんの前に、店側は客が並んでくれれば街行く人にも人気店だとアピールできるし、並んでる客も自分はラーメンを食べるのではなく質の良いブランド品を吟味するために並んでいる高級な人間なのだと誇らしい気持ちにもなるだろうから、結果的にWin-Winだと思うけど、それでも何か、並んでまで店に入って買った途端に失われるスノッブがある気がするのは何故だろうか。

自分の持ってるシャネルのバッグを並んでる人たちに見せつけるように歩くのが本来の私流だったが、あまりそんな気分になれず、もちろんスニーカーとダウンコートを買う気にもなれず、そのまま帰ってきた。コロナ不況もなんのその、ディスプレイもけばけばしいほど豪華で気分が高揚する要素しかないSKPに行っても、いまいち気持ちが盛り上がらなかったのは不思議だけど、まあいいか。ロエベのコートは日本に帰ってから着よう。スニーカーとダウンコートは田中さんの教えてくれた、淘宝《タオバオ》という中国最大のネット通販サイトで購入した。まずスニーカーなど欲しいものを中国語でどう言うか翻訳アプリで知ってからじゃないと、その品物が検索できないのは面倒だったけど、一度検索すると該当商品が次から次へと無限に出てきて、そのほとんどが日本では見たことのない中国ブランドの品だったので、めずらしくて、気づけば何時間も中毒のように閲覧し続けていた。格安サイトのSHEINもいいけど日本でも気軽に買えるから、日本だと買うまでの手続きがややこしい淘宝で購入した。

結局一番簡単なのはネットでの購入だった。神器淘宝と翻訳アプリさえあれば、欲しいものはなんでも買える。淘宝にはなんでもある、そして探している商品の関連商品を次々写真付きで提示してくるから、三時間ぐらいぶっ通しで眺め続けても飽きない。たとえば珍珠项链と入力するとまるで無尽蔵の泉から湧き出るように中国国外津々浦々の真珠ネックレスが購買意欲を誘ってくる。しかも中国の遠い省から来ても配送料はとても安い。そのうち淘宝の達人になった。欲しいものの日本語名を翻訳アプリにかけて中国語訳に直してから、次々と検索窓にぶち込んでいく。

まず最初に探したのが防寒具だ。寒い国のせいかなんにでも裏起毛がついていて、ブーツもほとんどが内側に毛が生えてるし、見た目薄手の肌着やタイツもめくればば毛が生えている。日本で買った裏起毛も持ってきたけど、外で着てみると起毛の密度が全然違い、日本の裏起毛では北京の北風を防ぎきれなかった。

淘宝はサジェスト機能も優秀で、一度ある品物を検索すると、それに関連したオススメ商品の画像が並び、それがツボを突いた品揃《しなぞろ》えなので気づけばネットサーフィンでかなり沖に出ていて、本来探していた品物とは全然違う類の商品の間を漂流しているときもある。中国語はできないから中国語の商品説明ページは何が書いてあるのか分からなかった。でも漢字は読めたから文字ならどんな意味か、多少は想像できる。とはいえ簡体字という、画数を減らした漢字がたくさん出てくると、どういう意味か分からなくなり、お手上げになった。でも、私は簡体字が嫌いではなかった。文字一つ一つがヨガのポーズを決めているように見える、どこか奇妙で優雅な漢字。めんどくさくないときは、スマホで手書き辞書から、ある簡体字が日本のどの漢字に当たるかを探した。

年末に差しかかると、田中さんも仕事で忙しくなり私をアテンドしてる暇が無くなったので、私一人で地下鉄に乗って、てきとうな駅で降りるようになった。田中さんに設定してもらったおかげで、地下鉄はスマホの二次元コードを改札機にかざしたら入れるのだが、その前に空港みたいな手荷物検査があり、バッグをベルトコンベアーの上にわざわざ載せなくちゃいけないのがめんどくさい。

車内で中国の人を見てると、同じアジア人だから日本人と似てるけど、よくよく観察するとやっぱり細部は違うから、元から全然違うよりも間違い探しみたいで面白い。

並んでる日本人を見たとき、外見で違うのはヘアスタイルだ。男性の方は、短髪でも中国人男性のように両サイドがほとんど直角に見えるほど鋭い側頭部の剃《そ》り込みを入れてないし、角刈りではない。中国人女性は豊かな髪の毛が大事だからボリューム温存派だけど、日本人女性は髪を短めにして、さらに毛先を軽く見せるため梳《す》いたりしている。

中国の女性は大体の人が髪を伸ばしていて、背中の中央ぐらいまでのロングヘアを垂らしてる人も多い。髪型で性差がはっきり分かれている。男も女も中性的なヘアスタイルが多い日本とはそこが決定的に違う。

逆に言えば髪型ぐらいしか違いは無くて、この寒い北京ではほとんど全員が一様に尻まで隠れるダウンコートに分厚いパンツを穿いて、ぶくぶくに着ぶくれていた。平日の昼にもかかわらずスーツ姿の人は男女共にほとんど見かけないほど少なかったが、それが寒すぎる故かもともと仕事中でもスーツを着る習慣が無いのかどうかは分からない。

脚を出したり薄いアウターを着たりするだけで絶対に目立つことができるだろう。

しかし薄着はオシャレというよりほとんど猛者《もさ》のすることで、風邪引いてそのままコロナに移行する危険性も考えれば、やめといた方が良さそうだ。二十代の頃なら死んでも薄着を貫いただろう自分と比較すると、今の自分の勇気の無さが恥ずかしい。私は目立ちたかった、北京でみんなに注目されてジャパニーズオシャレを北京っ子の目に焼きつけてやりたかった。でも実際、ロエベのコートは寒すぎて、淘宝で激安で買った黒のダウンコート（でもめちゃくちゃあったかい）を着て電車に乗っている。ほんとはタクシー移動で全部済ませたいけど、来てほしい場所の説明を全部中国語で電話でしなきゃいけなくて、それは詰むので地下鉄を使うしかなかった。

どこか分からない駅で降りてテキトーに歩いてると、過ぎ去ったはずのクリスマスの飾りつけをまだ街のそこら中に見かけ、サンタがにこやかに微笑《ほほえ》んでいる。日本だと十二月二十六日になるとサンタは跡形もなく消えるのに。迫りくる正月の飾りつけは一つも見ない。ハッピーニューイヤーの文字も見かけない。本当に新年はやって来るのか？

道路はクラクションがひっきり無しにけたたましく鳴っていて、車も多いがそれ以上にとにかくスクーターが多い。それは北京に来た初日から感じていて、田中さんの運転する車の窓から、イナゴの大群のようなスクーターの群れがブンブン車をよけながら道路の隙間をすり抜けていくのを見て肝を冷やしてた。家に戻り夕食中に夫にその話をしたら、夫は深刻そうに眉根を寄せ、自分もあのスクーターの多さと運転の荒さが恐ろしくて、あまり道路を歩きたくないと漏らした。

「あのスクーターはオートバイじゃなくて、電動自転車といって、一応自転車に分類されるものなんだ。よく見ると自転車のようなペダルがあるだろ。〝自転車〟だから運転免許もいらない。日本と違って二人乗りもできるし、ヘルメットの着用義務もない。でも自転車というにはスピードが出すぎる。

北京ではね、外売《ワイマイ》っていう食事のデリバリーシステムが発達していて、近くのお店にアプリで注文すれば、大体三十分くらいでウーバーイーツみたいにドライバーが自宅まで頼んだ食べ物を運んでくれるんだ。配送料も安いしたくさんの人が利用してるんだが、彼らは時間制限のあるなかで食べ物を運んでいるから大概焦っててね、電動自転車の運転が荒っぽいんだよ。あと外売の応用サービスで、スーパーや小売店で注文したものを自宅まで運んでくれるサービスもあるけど、そういう人たちもほとんどがあの電動自転車に乗ってるんだ」

あんな速い乗り物を電動自転車と呼ぶのは違和感があったから、心の中ではあの乗り物を自転車とスクーターの中間で〝自転ター〟と呼ぶことにした。

北京の交通事情で驚いたことは他にもある。まだ赤信号なのに堂々と急がないペースで横断歩道を渡り始める通行人が多いことだ。私は彼らの背中についていけば良いのか、青信号まで待てば良いのか分からず混乱した。結局青になるまで待ってから歩き始めたけど、青でも普通に曲がりたい車は横断歩道を横切ってくるので注意は必要だ。青信号の地位は日本よりだいぶ低く、歩道を歩いてても自転ターが堂々と乗り上げて走ってくる。

もしかして五十年くらい前からずっと使われてる？　と思うほど古ぼけた宅配車やスクーターが道端に置いてある。古ぼけて見える原因は多分黄砂の降り積もりで、埃《ほこり》っぽく、あと壊れた箇所の修正にガムテープが使われてたり座席のクッション部分が割れてたりするせいで、動く方が不思議に思える乗り物をいっぱい見かける。宅配の車とか側面に二次元コード描いてあるし多分ずいぶん昔から使ってたわけではないはずだけど、となると短期間にここまでボロボロになるほど酷使された乗り物たちは疲労ハンパなくて過労死寸前だろう。放置されていた乗り物ではないことが、防寒用の毛布だけが今年買ったみたいに新しいので分かる。死にそうでもまだまだみんな現役なのだ。自転ターのハンドル部分にはまるで自転車のように、漕《こ》ぎながらスマホを見られるスマホ置き台が設置されてて、当然運転中の赤信号でスマホ置き台のスマホを見ながら操作してる人もいるわけだけど、日本でもスクーターやバイクでこういう光景あったっけ？　なかったっけ？　と次第に頭がバグってくる。

北京では地方出身者が肩身の狭い思いをしてるとか、故郷を恋しく思って帰りたくなるとも聞いていたから、北京は田舎から出てきた人間を打ちのめすほどの大都会のコンクリートジャングルかと思ったら、意外と土くさい素朴な雰囲気が街にも人にも残っている。これなら行ったこと無いけど上海《シャンハイ》とか、または東京の方がよっぽど、田舎から出てきた人間を不安にさせる近未来的な発展具合と騒がしさがあるんじゃないかと思った。

地方から来た人が心もとないのは、街の雰囲気というより貧富の差が激しすぎるとか故郷や家族があまりにも遠いせいで発生してる根なし草感が原因なのかもしれない。確かに階級の埋まらない差は普通に住んでるだけでひしひしと感じられて、ありとあらゆる種類の職業はあるから〝横〟にはたやすくシフトチェンジできるけど、〝縦〟にはなかなか這《は》い上がれない、這い上がってるビジョンがどうしても思い浮かばない雰囲気が街中に漂ってる。

マンションに住んでしばらくしてから、家の床や天井が水漏れしたり、トイレのドアが閉まらなくなる現象が頻発するようになったので、コンシェルジュに文句を言ったら、一人の技師が我が家に派遣された。彼は手短にうちの様子を見回ったあと、どうやら上の階からもうちの水道管からも水漏れしていて、トイレのドアの上の壁が水を吸って膨張してるらしいと結論を出した。

そして迷わずノコギリを取り出し、ドアのつっかえてる部分をギーコギーコと切り始めた。

素人ながらに（このドアの右端の下のところを削れば閉まるんじゃ？）と思っていたものの、いざ技師も同じ判断で右端の下のところをノコギリで削り出すのを見ると、あせった。えっ、それでいいの？　ほんとにその解決法でやってくの？　半日後、見事に閉まるようになったドアの右端の下のところは微妙に削れて斜めってた。ほほう、これなら確かに注意して見ないと気づかない、お見事！　とはなかなかどうしても思えず、対症療法でしかない工事が降り積もれば結果どんな事態を生み出すか考えると空恐ろしい。でも自分らはそんな長くはここに住まないだろうし、工事の人たちもずっとこのマンションを担当してるわけでも無かろうし、歪《ゆが》みが最高潮に達して崩れてくるとき今のこのメンバーは誰もいないだろうと楽観的に考えれば、トイレの戸が閉まって良かったなとしか思わない。トイレの戸がちゃんと閉まった運の良い奴もいれば、トイレの戸を閉めた途端天井が落っこちてくる運の悪い奴もいる、そんなロシアンルーレットに毎日晒されて自然に運試しする運命にあるのが北京人としてあるべき生活なのかもしれない。知るか。

さらに水漏れを止めるためか防ぐためか、うちの洗面所の下の壁に頭が一つ入りそうなほどのドでかい穴を開けて、水道管の修理をしていた。果たして水漏れは収まったけど、洗面所下の棚の戸を開けると、いつもブチ抜いた穴が見える仕様になった。技師は穴をふさがずに帰ったのだ。その穴を見てると、一つ解決したけど新しい問題ができた気がしてならなかった。

マンションの窓からは目立つ高層ビルの屋上にＴＥＮＧＡみたいな巨大なドリル

が天に向かっておっ立っている望京《ワンジン》ＳＯＨＯが見えた。
附近にはドイツを始めとする欧米の企業が集うエリアがあり、高層ビルのてっぺんについた巨大なベンツのマークが、鈍重な風見鶏みたいにゆっくりと回り、角度を変える度に太陽光を反射してギラギラ光っていた。かなり遠い距離にあるのに、それでもこんなにくっきりとあのベンツマークが見えるってことは、実物は常軌を逸するほど大きいのだろう。日本だったら地震のとき落っこちてきたらどうするんだとクレームが発生しそうなあのベンツマークも、中国では受け入れられるみたいだ。むしろベンツ所有者は運転中にあのマークを頭上に発見すると、気分がアガるのかもしれない。

そうして迎えた信じられないほど街にイベント感のない元日の夕方、日本からメールが届いていて、送り主は由紀乃だった。

〝菖蒲さん、遅くなりましたが、あけましておめでとうございます！
北京ではお元気に過ごされていますか？

日本のニュースでは中国のコロナ感染者数がものすごく急激に膨れ上がっていて、街は大混乱だと聞いてます。なんでも火葬場で遺体を焼くのが追いつかなくて、霊《れい》柩《きゅうしゃ》車が列を作って渋滞しているとか……。日本の医薬品が大人気で、買い占めなども起きているようですね。それを知って心配になってメールしました。

また、北京は極寒で氷点下の日が続いているらしいですね。とても厳しい環境に置かれていると思いますが、どうか無事でいてくださいね。こんな時期に中国へ行くなんて、大変な目に遭っても自業自得だ、と言う心ない人も、中にはいるかもしれませんが、私はそうは思いません。菖蒲さんには海外赴任の夫を支えるという素晴らしい使命があったわけですから。どうか辛いこともご夫婦力を合わせて頑張って下さい。良いご報告を聞けるのを楽しみにしています。

それでは今年もどうぞよろしくお願いいたします。〟

この人今年も私と〝友達〟を続けていくつもりなのか。よろしい、受けて立ちましょう。窓の外を見ると相変わらず道路には車が渋滞の列を作っていて、自転ターも元気に走り回ってて、通行人の大きい話し声はこんなマンションの上層階にまで聞こえてくる。中国の霊柩車がどんな外見をした車なのか私は知んない。

正月は夫と共に国貿《グオマオ》のビルに入ってるなだ万で食事した。国貿って国際的なビジネス街と聞いていたけど、実際商業施設に来てみると、六本木に似た華やぎを感じる。ビルの一階には真珠のTASAKIも入ってて、真珠が名産の中国でも、TASAKIは健闘してるみたいだ。

なだ万の広いフロアは満員、聞こえてくるのはほぼ日本語ばかりで、久しぶりの日本みたいな空間に心がなごみつつも、周りの客がみんな国貿エリアに住んでる日本人に見えて、羨ましくて仕方がない。家族連れも老夫婦も裕福そうに見えて、全員が至近距離にある国貿のレジデンスから出てきてちょっと歩いてここに来てお正月を迎えてるように見え、私と夫みたいに五十分前にタクシーに乗り込んで環状四号線の遥《はる》か外側から来た人間なんていないように見える。北京は故宮を中心に同心円状に環状線が走っていて、内側に行けば行くほど豊か、みたいなヒエラルキーがあり、私たちの住んでいる場所はそれほど外側ってわけじゃないけど、それなりに劣等感を感じる。日本の正月料理とほとんど変わらない、おせちやお雑煮を食べ、店内で始まった餅つき大会を見ていると、まるで日本に戻ってきたような気がした。北京のなかには小さな日本がいくつもある。きっと北京に住む中国人は気づいてないだろう。きっと東京にも、日本人が知らない小さな中国がいくつも存在しているはずだ。

「この前街歩きして思ったけど、中国では正月が全然盛り上がってないね」

「それは中国の正月が一月一日じゃなくて、旧暦の正月だからじゃないかな。春節と呼ばれるもう少しあとの期間、今年だと一月二十一日から二十七日ぐらいまでの期間が、中国の正月休みに当たるんだよね。その頃には新年ムードに街が染まるはずだよ」

「じゃあその期間、北京の街のどこかのホテルに泊まりたい」

「分かった、田中に相談して予約しておくよ、日本でいう大みそかに当たる正月の前日の一月二十一日から宿泊しようかな。一泊で良いか？」

「一泊で良い。荷物増えるとめんどくさい」

「分かった。じゃあ早めに予約しなくちゃいけないね。一月八日から隔離撤廃で、さっそく春節旅行で大移動、とかも言われていたけど、まず街に人が戻るのが先だろうから」

もう三年以上も滞在しているのにもかかわらず、まだ中華料理の口になってない夫は、久しぶりの本格的な日本料理を食べられて嬉しそうだった。こうして一緒に暮らしてみると、自分は適応障害気味だと弱音を吐いた夫の気持ちが少しずつ分かってきた。夫は少しも北京に馴染んでない。会社と家との往復で、仕事は難なくこなしているけど、それ以外はほとんど家に閉じこもり気味だった。夫が巨大な都市北京のめぼしい場所にまだ行ってないと知り、少しからかうと、「君が来るほんの少し前までは、コロナ感染対策が厳戒態勢で、とてもじゃないが街をうろつける雰囲気じゃなかったんだ。マンションからほとんど出ないで過ごして、仕事や会議もオンラインでこなして、毎朝氷点下十度以下の極寒のなか、ときには一時間以上も毎日場所が変わる野外のＰＣＲ検査所の長蛇の列に並んだんだ。遊ぶ余裕なんかこれっぽっちも無かったよ」とすごい剣幕で反論が返ってきた。よっぽど苦労したらしい。

実際めざましい勢いで、北京の街は急速に活気を取り戻しつつあった。クリスマス前後、ほとんどの場所はゴーストタウン化していたが、ショッピングセンターはじわじわと賑《にぎ》わい始め、年明けの今、外にも店にも平日でも人が大勢集まっている。ものすごくハイスピードで街が普通に戻って、中国人の知り合いが一人もいない私にとっては、どれくらいの人がコロナに罹ったか、苦しんだか、あるいは死んだかについて、普通に暮らしてる分にはまったく分からない。

私はインスタントな友達を作るのが上手い。利害の一致する人を見つけるのが得意だからだ。その時々によって、つるむ友達はころころ変わるけど、何をしたいときに誰を呼び出せばいいかは、ちゃんと心得てる。友達の方もどんなイベントなら私が行くかちゃんと分かってるから、なんとなく会おーとか買い物行こーとか、そういう無目的なダルい誘いはほとんど来ない。昔、クラスメイトに「菖蒲はコミュ力が高いから友達がたくさんいていいね」となんだか見当違いに羨ましがられたから「練炭で集団自殺する人も、練炭友達見つけてから死ぬんだから、コミュ力とかあんま関係ないと思うよ」って答えたら、複雑な表情をしていた。目的があって、友達がいる。友達以外でも、私の人間関係は一部を除いてほとんどが全部そんな風だ。

だから北京でも早速語学交流のアプリにプロフィールを登録して、日本語勉強中という大学院生のカップルと一緒に遊ぶようになった。私たちは大体の会話を翻訳アプリで済ませながら、時々はお互い自国語を教え合ったりして、平日休日問わず北京の色んなスポットを巡った。

北京はとにかく広い。広すぎて一日一つの観光地しか巡れないから日にちがいくつあっても足りない。もちろんその都度タクシーを呼んでひっきりなしに移動すればいっぺんに回れるかもしれないけど、観光名所は広い広い北京の四方八方に散らばっていて、移動だけでも時間がかかる。何しろ北京市の広さは東京都七個半分、しかも大都市のなかに絶妙に居住区も挟まって嵩《かさ》増ししてるので、ちょっと電車に乗ればまたすぐ別の大都市へ着く東京とは訳が違う。

初めは私たちの住んでる朝陽《チャオヤン》区のエリアをよく訪れた。朝陽のＳＯＬＡＮＡ、将台《ジャンタイ》のインディゴ、三里屯《サンリートン》の太古里《タイグーリー》、大きいショッピングセンターのショップへ行くと日本と同じ顔ぶれになるから途端につまらない。同じ三里屯でも３・３ビルに行ったらラフォーレ原宿みたいに中国ブランドの個性的なデザインのショップが入ってて、こっちの方が見ごたえがあった。３・３ビルは中古ブランドも扱ってるストリート系のショップがいっぱい入ってて、店内を歩いてるオシャレな女の子たちの多くが、底の分厚い近未来的なデザインの白っぽいゴツいスニーカーを履いてたから、私も欲しくなって一階の原寸大の牛二頭をオブジェに飾ってるサイケデリックなショップで似たのを購入した。厚底で背丈をマシマシにできそう。北京の女子たちはこのスニーカーにスウェットのセットアップとキャップを合わせてラフな感じで歩いてたから今度見つけたら買おう。もっと中国でしか買えないようなめずらしい物が欲しい。日本で買えない物ばかりで帰りのスーツケースをずっしり埋めたい。

大学院生カップルの女性の方は暁蕾《シャオレイ》という名前で、私が北京の観光スポットに興味を示さず、買い物ばかりしているのでやや呆れ気味の雰囲気だった。化粧っ気がなく丸い縁の眼鏡をかけた、勉強が得意そうな真面目な風貌で、二十六歳らしいが実年齢よりもっと幼く見えた。日本文学を勉強しているらしく、日本の文豪の著作を私が全然読んでないのを知ると、そこでも期待外れの顔をしていた。カップルの男性の方は浩宇《ハオユー》と言い、こちらは真面目そうななかにも優しさや穏やかさが潜んでいて、高い背を折り曲げて暁蕾の言うことをあれこれ聞いてあげてる様子で、尻に敷かれてるのが丸わかりだった。こちらは日本語にはあまり興味が無いようで、私との交流は暁蕾のために付き合ってる感じ、でも私が翻訳アプリを駆使して何度か話しかけてみると、段々にこやかになってきて、私と彼の会話してる時間が多くなり、暁蕾がちょっと不機嫌になるという一幕があった。彼らは菖蒲という私の名前を、中国語読みで〝チャンプー〟と呼んだ。中国だと菖蒲は漢方薬にも使うらしく、それが由来かとも訊かれたけど、違う、父親が「白鳥麗子でございます!」という漫画に出てくる、かきつばたあやめというキャラクターが好きだったからだと答えた。

　彼らは本屋が好きで、どこの商業施設に行っても本屋があると必ず入るので、自然と私も北京の本屋の品揃えに詳しくなった。日本の書籍だと、上野《うえの》千鶴子《ちづこ》のフェミニズムの本がどの本屋にも置いてあった。しかし、どこの本屋に行っても雑誌が売ってない。雑誌があるのは大きめのセブン-イレブンと駅前のキオスクだけ。本屋には雑誌コーナーがなくて、大きなブックセンターでも絶対置いてないから、雑誌しか読まない私は途中から全然行かなくなった。その代わり駅前のキオスクでまとめてファッション雑誌を二、三冊買う。

北京市内を歩いてると人の多さを実感し、暮らしてると人件費の安さを実感する。あらゆる場所の細かいところで人が働いている。住宅が集まってる小区の入り口やマンションの前には必ず門番の人がいる、マンションの中にも荷物を届けてくれたりする管理人が常に二人くらいロビーに立っている、道路では掃除する人をしょっちゅう見かける、バス一台につき必ず一人、運転手の他に、席が空いているのに立っている人を注意するための係員が乗っている、部屋の清掃をしてくれる人も一人ではなく、床掃除の人、ベッドメイキングの人、水回りを洗う人の計三人がいつもセットで来てくれる。日本だとこれだけたくさんの人を雇うのにどれぐらいのお金がかかるだろうか？　この人たちのおかげで家の中や店の中、街の主要な道路は清潔な状態が保たれている、しかしひとたび裏通りに入れば割れた窓ガラスやサッシなどの大型ゴミが道の脇に捨てられ、歩道もフンだらけでずっと下を見ていなければ、踏まないではいられないほど転がっている。平均的な事象に囲まれた日本から来た身からすれば、オンとオフが激しくて未だ平均を見出せずにいた。街を普通に歩いていても常にギョッとする落差が待ち構えているので気が抜けない、しかし街中にあるという監視カメラの存在のおかげで、カバンを盗《と》られたりする犯罪にあまり用心しなくて済むのはまだ気が楽だ。

朝阳公园《ゴンユエン》では凍ってる湖で座るスケートをした。座るスケートとは、橇《そり》のついた椅子に座ったままストックを持って湖の氷面を滑る遊びで、巨大な湖をたくさんの座るスケート客が埋めていた。本物のスケートほどスピードは出ないけど、ずっと座ってられるしバランスも崩れないので楽チンだ。いくら凍ってるといえど、天然の氷の強度は大丈夫なのかと初め思ったけど、上に乗ると底の底まで凍ってるのがよく見えて余計な心配だった。大学院生カップルによると、北京の川や湖は大昔から人の手が加えられて造られたものらしく、高低差がほとんどなく流れがゆるやかなこともあってスケート場にしやすいのではないかと言っていた。この言葉で腑《ふ》に落ちた点があり、北京は川も湖も広々と単一で、どこかのっぺりしている。自然の川や湖の荒々しさがほとんど無い。整備されきってるのかとも思ったけど、大昔から人工的に造られているなら、納得ののっぺり具合だ。

スケート場の隣に設置された、大きな氷の滑り台にも乗った。大きいプラスチックのまな板みたいなのに座らされて、持ち手の紐《ひも》を握ると後ろからずさんに押されて、すごいスピードでまっすぐの滑り台を滑り落ちていく。思ったよりも速いスピードで、出す気無いのに「ひゃあああ」と声が出た。滑り台の最終地点では係員のおじさんが三人態勢で人力でガシッと押さえて毛布の上で止める。簡単すぎる造りで滑ってる途中で転げ落ちる人とか、スピードが出すぎて止められない人とかケガ人が出ないのかなと、滑り終えてからちょっと思ったけど、滑ってるときはとにかく爽快で楽しかった。あまりのスピードに寒ささえ感じない。

久しぶりに短くした爪は赤く染めた。日本だと少しやりすぎな感じのするどぎつい赤も、中国なら馴染む。身体全体に通う血がどれだけ赤いかを指先全部で白状しちゃってる雰囲気。でもこれは自分で考えたんじゃなくて、三里屯で見かけた女性の真似だ。ラフな恰好をしていた彼女だったけど、短い爪の指先だけが目に染みるほどに真っ赤で、それがすごく良かったから、真似した。

SOLANAに寄ったあと、大学院生カップルたちは用事があり帰るというので、私はペイペイを連れて亮馬河《リャンマーフー》に沿って歩いた。

マスクを着けて白い息を吐きながら歩いてると顔の防寒にはなるけど、呼吸する度すぐ結露状態になって、マスクの内側の表面を雫《しずく》がしたたり落ちていく。中国の公園に置いてある、背中に乗ったりできる動物マスコットたちは、全員目がピョーンと上向いてて、夜見ると恐いだろうなと思う。あと野外ジムみたいな常設の運動器具のスペースが大規模な公園だとどこもあって、気軽に筋トレできる。便利なコーナーだと思うが寒いのもあってか、あまり利用している人を見たことがない。

ベンチに座って一服してると、まだ小学生にも満たない幼い子が、あどけない瞳で私を見つめたまま離れようとしない。可愛いけど、この距離の近さじゃペイペイがこの子に気づいたら思いっきし吠えてしまう。近くの繁《しげ》みに手を伸ばしてその子の背丈ほどもある細くしなやかな枝を拾うと、その子に渡した。私は育児をしたことが無いけど、幼い子どもに長い枝をあげたら喜ぶと知っている。ムチのようにしなったその枝を手に持つと子どもはニコニコしながらめちゃくちゃに振り回し、母親のところまで持ってって自慢げに見せて、すごく怒られていた。中国語だからなんと言ってるか分からないが枝を目に入れるジェスチャーを見ると「こんなの振り回して転んで、目や口に入ったらどうするの！　こんなのどこで見つけてきたの!?」と怒鳴っているみたいだ。私にとっては予想外の展開だったけど子どもにとってもそうだったみたいで、子どもが大泣きに泣いて取り上げられた枝を取り返そうと、ぴょんぴょん跳ねているのを見届けてから、私は腰を低くして物音を消しながら退散した。子どもにあのおばさんからもらったとかチクられたら今度は私が怒られる。

北京では、あんまり犬が繋がれてない。公園など特に広い場所では、飼い犬が野良犬のように悠々と、首輪無しでアスファルトの歩道をチャッチャッチャッと爪を鳴らしながら歩いてる。やけにおとなしい犬が多くて、人間にも近寄ってこなくて、あるいは人間を避けて、特に目的も無くフッーに歩いてる。だから私もペイペイを一度リードから解放しようと思ったんだけど、道で首輪に手をかけた瞬間、もしコレが外れたらどこまでもどこまでも遠くへ駆けていくぞ、今生の別れにしてやるという、ペイペイの首の筋肉のグッとした気迫を指に感じた。あー私は間違っていたなぁ、いくら北京が放し飼いが多いからって、うちの犬を放つかどうかはまったくの別問題だ。むしろ禁忌だ、絶対やっちゃいけないことだ。ペイペイは小さいのに顎の力が凄《すさ》まじい。

この犬は吠えます

この犬は噛みます

散歩中に必要なこの二つのワードだけは中国語を覚えようと思ったけど、未だになんて言うか調べてない。だからペイペイを見て、カワイイーという感じで寄ってきた人が、ペイペイに凄まじく吠えられて飛びのく様子を、見たくないのにもう何回も見てきた。

川べりを歩きながら、夫の適応障害について考えていた。どうして彼はもう三年超もいる北京にまだ馴染めないのだろう。こんなに同じ人種の、自分に似た背恰好の人たちばかり歩いてるのに。喋りさえしなければ私たちの外見はすでに一〇〇%中国人ではないか。その証拠に街で接する人全員が、なんのためらいもなく絶対通じると思い込んで、写真撮ってくれとか普通に中国語で話しかけてくる。

夜は寒いけど昼間は太陽の直射日光が当たって暖かくなる。太陽が照って身体を動かしてると氷の上でも汗ばむほど暑いから、氷が解けないか心配になった。私は道端にしゃがんで、そこそこ大きい石を拾った。

ふりかぶって、思いきり亮馬河に投げつけるとパッキーンと音がして、分厚い氷の表面に瑕《きず》さえつけられず、石は遠くへ滑っていく。湖の水と同様、川の水もパッキパキに凍っていた。川の表面をよく見ると、他の人も凍ってるか確かめたのか、いくつも石が載っている。石どころか、氷面には誰かが投げた煉瓦《れんが》が載っていて、さらに氷の上に降りて歩いて、おぼつかない足取りで川の向こう岸に向かっている二人組もいた。立ち止まって景色を見ている私に苛《いら》ついたのか、早く先に進みたいペイペイが狂ったように吠える。
亮馬橋から平坦《へいたん》に凍った川を見ているとラップが頭のなかを流れてきた。

適応障害イミ分からん
世間が私に適応すべき
(のんしゃらりー　のんしゃらりー)
キミは知らんと思うがね
冬の北京はパッキパキ
(ヘイのんしゃらりー　のんしゃらりー)

澄んだ空気は耳が痛くなるほど冷えて、マスク内の結露も大変なことになってきたので川辺を離れた。

大学院生カップルと遊んで帰ってきた日の夜、食事の席で夫は私に、コロナが大流行してるのに外に遊びに行きすぎだ、と苦言を呈した。

「大丈夫よ、今はもう街も人で溢《あふ》れてるよ」

「大丈夫なわけないじゃないか。僕の職場の部下たちもほとんどがコロナに罹って出社できなくなってるし、さっきマンションのコンシェルジュと話したら一人を除いて、全員コロナに罹って休んでると言ってたよ。君は何も知らなすぎるよ。テレビもインターネットも見ないし、今北京は本当に危ない状況なんだ。無知にもほどがあるよ」

「私が情報弱者だと言いたいの?」

「まあ、そうだね。だって事実じゃないか」

「じゃああなたは情報強者ってことね。でも一体情強ってなんなの? 自分からどれだけ遠いか近いかも分からない〝情報〟に振り回されて、勝手に消耗してるバカのことを言うんじゃない? コロナが始まってからあなたは仕事以外はほとんど人に会わなくて、体調くずして青白い顔をしてるけど、この三年間幸せだった？　私は確かにコロナには二回感染したけど、とっても充実した日々を過ごしてた。思い出もいっぱい、アクティブに過ごして少しも後悔なんかない。特にあなたは今までずっとゼロコロナ政策で閉じ込められて、やっと今解放されたんでしょ？　今遊ばずにいつ遊ぶの？　ようやく外に出られるのにまだ恐がって家にいるなんて信じられない」

私がたくさん喋ったので夫は驚いたようにこちらを見た。この女に考える機能がついていたとは、と改めて知ったような顔つきだった。

しばらく熟考してから夫は口を開いた。

「君の言うことも一理ある気がしてきた。せっかく北京に来たのに、家に閉じ込もってばかりなのも、逆に不健全かもしれないな」

「そうだよ、今日私が会ってたのも北京に住む中国人だよ。その人たちはもう十二月のうちにコロナに罹ったから私たちは大丈夫って言ってたよ」

「そうか。確かにこの国はものすごいスピードでコロナ禍を克服しようとしてるもんな」

「そうだよ、その波に乗るのが大切よ。ＧＯに入ってはＧＯに従えとか言うでしょ？」

「確かにそうだな」

もったいぶってうなずいた夫は、飲んでいた水が喉に詰まったのか、ゴホッと咳をした。すぐ治るかと思ったら、続けて何度も咳をしている。

「水飲んだら？」

と勧めたが、夫は首を振って額に自分の手のひらを当てた。

「むせたんじゃない、喉が腫れてる感じがするんだ。あとなんか、熱っぽい気がする」

「まさか、冗談でしょ。気のせい気のせい」

笑ったあと喉がかゆくなり、私も咳が止まらなくなった。

週二で部屋の掃除に来てくれてたお手伝いの阿姨さんたちもコロナ感染対策のために三週間休止となり、誰も助けに来なかったから私たちは二人で乗りきるしかない。ヘルプを出せば夫の会社の人などが助けてくれるかもしれないが、泳いでいたときに突然足を引っ張られたように、私も夫もコロナの海の底に急激に溺れたので、人に頼る能力さえももう残ってなかった。

いつも阿姨さん頼りで普段はベッドシーツさえ自分たちで替えなかった私たちは、ただでさえ発熱でしんどいのに、日常生活さえ満足に送れなくて、家のなかは次第に荒れていった。潔癖症の夫はカーペットやらトイレやらが汚れていくのが我慢できず、ヨロヨロになりながら掃除していたけど、一度テレビ前の絨毯《じゅうたん》の上でコロコロを握りしめてしゃがんだまま動けなくなっていたのを見かけたので「もうやめなよ」と冷たい牛乳を飲みに来たついでに声をかけた。

熱が三十八度まで上がって足の裏がふわふわ浮いてるようで、頭と関節が軋《きし》むように痛む。でもこの生から死への虹色コロナトンネルを飛びながら通りすぎるのは私は三度目で、慣れて達観して少し楽しむ気持ちと、今度こそ死ぬかもしれないという微《かす》かな怯え、ゆだった脳が見せるリズミカルな幻影とですっかりハイになってトリップしてひとりでに笑えているうちに牛乳を吐いた。

三十八度九分。ここまで熱が上がったのは初めてだ、新記録達成。息がうまく吸えない。死ぬかもしれない。夫も別室で闘病中なので私は一人ベッドに寝転がったまま放置されていた。ガンガン痛む頭を抱えながら冷えピタが無いか淘宝で検索したら、あるにはあったけど一箱五〇〇〇円ナリ!! 由紀乃がメールに書いてきてた通り、日本の医薬部外品の買い占めが起きてるのは本当のようだ。冷えピタの類似品の中国版がもっと廉価で絶対売ってるはずだけど、中国語の検索ワードを調べる元気がわかない。

「うー五〇〇〇円あるなら良いご飯食べたいよー」

しかもそんな高いのに、売り切れで買えない。

コロナウイルスに冒されて発熱し茹《ゆ》でダコのようになった身体をベッドに横たえていたとき、私は沈みかけた客船の中にいた。豪華な踊り場の螺旋《らせん》階段を一段一段下りていく私に、他の乗客からの温かい拍手が盛大に送られる。ありがとう、みんなありがとう、一人一人の笑顔を見回しながら階段を下りていると、ひときわ大きく拍手している人たちがいて、顔を見たら爆笑してる由紀乃と瑞穂だった。指差して私をあざ笑ってる。

あーダメ、死んだらダメ。

私が死んだら、二人が勝ち誇ってしまう。

「ギィーーー」

歯を食いしばりうめき声を上げながら眼を開いた私はベッドから這い出て頭痛で割れそうな頭を抱えてキッチンへ入り、外卖してドライバーに届けてもらった、皮の硬い謎の柑橘《かんきつ》類を爪で剝いて一房ではなく一個丸ごと口に入れて頬張った。オレンジ色の果汁が口の端から溢れ出したけどカラカラだった喉は潤い、薄く甘く酸っぱい味が口いっぱいに広がる。幸い種は無く、くちゃくちゃ嚙んで果汁を吸い出した後は、皮やら筋やらまとまったのを流しにベッと吐き、また新しい謎柑橘を剝き、を繰り返した。端から見れば何かの妖怪みたいかもしれないが、とにかく生きる気力は戻ってきて、脱水症状で気絶することも無さそうだ。

こうして私は次の日からメキメキ回復したわけだが、夫の体調は戻らないどころかどんどん悪化した。私たちは別々の寝室で寝ていたから自分の寝室にこもりきりの夫とはあまり会うことが無かったが、台所に牛乳を飲みに行ったら、だいだい色の顔色をしてぐったりした夫が冷蔵庫のドアに寄りかかっていた。

「大丈夫？　そこで何してるの？」

「ひょうのう探してるんだ」

「ひょうのうってなに？」

「氷を額にのせるあれだ」

「冷えピタ？」

「似てるけどちょっと違うな。無いならいいんだ、タオルを濡らして使うから」

夫は上質なウォームオレンジカラーの照明に照らされた廊下で、フラッフラのおぼつかない足元で壁に寄りかかる。

「ちょっと！　熱何度まで上がったの」

「四十度二分」

「四十度超えたの!?」

寝室から時折咳は聞こえていたが、それ以外はしんとしていたので、ずっと寝てるんだと思い大して心配してなかった。同時に感染したのでどちらかがどちらかを看病するとかもなく、かなりドライにお互いがんばろうって感じでそれぞれの寝室にこもった。こんなとき、普段から寝室を分けておいて良かったと心から思える。

病院に行った彼の部下が診察までほぼ一日待ったこと、また入院は八〇〇人待ちという噂がWeChatに投稿されたのを読んだことから、万一のときの病院行きも候補から消えた。熱が四十度超えても病院とか行けなくて、よく分からないけどサイトカインストームみたいなのが起これば入院もできずに死ぬ。日本でもコロナ全盛期には病院がパンクしてて救急車呼んでも来ないとかあったけど、まるでデジャブのように同じ状況。

いつもはきちんと羽織ってる夫のDAKSのガウンは右肩がずり落ちそうになり、ポロの灰色のパジャマのボタンはかけ違っていて、スリッパは左足だけしか履けてなかった。天井の高いウォームライトの照明に照らされながら、上半身は壁にもたれかかったまま、ずりずり擦りながら歩いている様はまるでゾンビだ。年の差があるの忘れてた。夫はもう五十六歳だ。コロナこじらせたら死ぬかもしれない。

「ちょっと喉が痛くてね」

「ちょっと？　焼けるような痛みでしょ、私もそうだったもん」

「そうだな。ガラスの破片で喉の内側を引っかかれてるみたいだ」

夫の声が弱々しい。

「ちょっと待って、阿姨さんに電話して来れるか訊いてみる」

私は夫婦でコロナ感染してからは自宅に呼べなくなった阿姨さんのスマホに連絡しようとしたが、夫に止められた。

「無駄だよ、いくら緊急事態でも、今の状況で他人は呼べない。もういいよ、部屋に戻る」

多分夫も同じことをしただろうと思いながらも冷蔵庫を開けると、案の定氷はできてなかった。今から水を張って作っても、完璧に凍るのは何時間後か。

「コンビニ行って氷と、ついでに飲み物も買ってくる」

「分かった」

夫はうなずくが顎がぶるぶる震えていて、歩こうとしたらよろけてまた廊下の壁に寄りかかった。

夫を支えながら寝室まで運び、ベッドに寝かしたら、夫の身体がびっくりするほど熱かったので、何か冷やせるものは無いかと探しまわり、思いついてまた冷蔵庫に戻り、冷やしていたフェイスパックを持ってきた。

「ほら、これなら顔全体がひんやりして気持ち良いよ」

パックを取り出して夫の顔に貼ると、美容に熱心なおじいちゃんみたいになった。

「ヒアルロン酸とティーツリー配合だから、お肌プルプルになって殺菌効果あるよ」

「喉が痛い。水を飲んだけど、乾燥してて」

「分かった、私の部屋の加湿器も持ってくるね」

加湿器のついでに顔用のスチーマーも持ってきて、カサついてる夫の唇のすぐ側に酸素吸入器のように置き、寝てても安定するように夫にスチーマーを抱かせると、もっと美容に熱心なおじいちゃんみたいになった。でも保湿のためのスチーマーの温かい蒸気は喉に心地良いようで、夫は若干穏やかな顔つきになった。

さらに喉をいたわるために、熱いコーラにすった生姜《しょうが》を入れて飲ませた。

落ち着いてきた夫は、ベッドから私を見上げながら、弱々しい声で話し始めた。

「日本で一緒に暮らしてたときは、君に恐いものが無いのが恐かったんだ。中国に来てからも、そういう風に感じることが多かった。でもこんな風になってから、どんなときでも平常心でいられる君を頼もしく感じるようになった」

私は異国でなんにでもびくびくしてるあなたを頼りないと思ってた、と言いたかったけど、相手は病人なので容赦して、代わりに優しく彼の前髪を指で撫でた。

「欲しいものがあれば言って。できる限り用意するから」

出会ったときよりもだいぶ少なく細くなった彼の前髪。しかし仰向けになった顔は相変わらず鼻が高く、眼孔は渋みのある良い感じに窪《くぼ》んでいて、もし彼が私と同い年だったらきっと私のことなんて気にもかけなかっただろう。まあ、妻としてのひいき目かもしれない。彼と結婚したとき年上の知り合いが「あんたの結婚相手、村上ファンドの人にそっくり！」とやたら騒いでて、でも私は村上の顔を知らなかったから、それが褒めてるのかけなしてるのか分からない。今でもだ。

「……アイスクリームが欲しい」

「分かった。なに味？」

「……いちご。あと本物のいちごも、食べたい」

「りょうかい、じゃコンビニにはいちごは売ってないから、物美《ウーメイ》で買ってくる」

私は近くのスーパーの名前を口にしながらダウンコートを羽織った。

「ありがとう」

蚊の鳴くような声でささやいた夫が目を閉じると涙が一粒頬を伝った。感動したわけでなく高熱過ぎて眼球も熱くなって涙が流れただけだと分かるのは、私も昨日まで同じ状態だったからだ。

「じゃ、行ってくる」

「ありがとう」

熱の出た赤い顔のまま肌だけうるうるツヤツヤになりかけている夫は、優しい瞳で私を見つめていた。


春節が近づいてきて、マンションのロビーフロアも、両手で抱えるぐらいの大きさの赤く丸いランタンが、天井を端から端まで埋めつくし、さらに金色の電飾、エントランスには真っ赤な絨毯を敷いている。とにかく豪勢に、というのが春節の飾りつけの基本らしい。日本で言うと門松を百個、家の前に並べるようなものかな。

今年の年越しは一月二十一日から二十二日にかけてだと自分に言い聞かせても大みそかが終わって一月一日が来ると同時に、長年の習慣として気持ちが先に年越ししてしまったので、春節の華やぎを見ても何か奇妙な感覚が抜けなかった。

うさぎのイラストのシールが窓に貼ってあるのも、よく見かけるようになった。

干支《えと》って日本ではそんなフィーチャーされてるイメージ無いけど中国では重要らし

くて、二〇二三年の卯年《うさぎ》にちなんで、春節間近の一月の今、至るところにうさぎのイラストが描かれている。うさぎのラメの入ったピンクのネイルが淘宝で爆売れしてたから買って塗ったら、案の定爪だけティーンみたいになって、可愛らしすぎた。リムーバーで拭おうかなとも思ったけど、まあ春節の間くらいはいいかとそのままにしてある。中国国内のうさぎモチーフでは飽き足らず、日本からはサンリオのマイメロディや、アメリカからはバッグス・バニー、イギリスからはピーターラビットなど、世界中のうさぎキャラが総出で淘宝に出稼ぎに来ている。

こっちに来るまで知らなかったけど、夫に聞いた話では春節って何月何日から始まるとかはっきり決まってるわけじゃなくて、旧暦に合わせた日取りだから毎年開催日が違うらしい。私には春節は二月のイメージがあったけど、今年は一月二十二日かららしくて、前日の二十一日は日本の大みそかにあたる除夕、一番大切というか大盛り上がりする日は二十三日の夜らしくて次第に私はワクワクしてきた。頤和《イーフー》園《ユエン》に行ったら〝春节〟とドでかく黄色地に赤字で書いた文字のポスターが正門の左右に貼ってあった。

まだ日本にいるとき、どうやら中国の春節期間は爆竹と花火の消費量がすごいらしいと聞きつけ、子どもの頃から爆竹大好きな私は中国春節爆竹動画をネットで漁《あさ》って見ていた。

期待通りそれは常軌を逸していて、今年も地方の動画などを見ると、日本なら海でしかやらないぐらいの規模の花火を街中で一般人がバシバシブチ上げていた。火事並みの消火活動が必要かと思うくらいの煙の量、ナチュラルクレイジーな行事のようだ。大蛇のようにとぐろを巻いて長々と地面に置かれた爆竹の束が火を点《つ》けると次々脈々と爆発して、地面には煙とべったりと赤い爆竹の跡が残る。

パァンと弾ける鋭く細い音の爆竹も良いけど、ドゥンと地面を揺るがすほどの重く激しい特大の爆竹もまた良いもので、あのお腹に響く爆竹を体感してみたい、誰か爆発させてくれないかと、連日夜になるとバルコニーに出て、寒空の下暗闇に耳を澄ませていた。でもみんな近年北京に出された爆竹禁止の規則をきちんと守って、しんとしていて、か細い破裂音だけが時々申し訳程度に聞こえる。場所を間違えた打ち上げ花火のような火花の雨をいつか本場で目の当たりにしたいと心待ちにしていたのに、来るのが少し遅かった。

春節前の特別歌番組を見てると、トリに王一博《ワンイーボー》が出てきた。

「また王一博だ」
広告の商品の代言人として、この能面のような瓜実顔の王一博という人がしょっちゅう街中のポスターや淘宝のネット広告に出てくる。よっぽど人気があるらしい。大みそかの豪華な歌謡祭でも年長の重鎮っぽい数多の歌い手を抑え、王一博がトリとしてコンテンポラリーダンスみたいなのをキレッキレの身体表現で踊っていた。

春節前になんとかコロナを治した私たち夫婦は、当初の予定通り北京中心部、前《チエン》門《メン》近くの胡同《フートン》の中にある四合院《しごういん》ホテルにチェックインした。北京はますます乾燥していて湿度がまったく無いみたいに、カラッカラだ。でも肌の調子は不思議と良い。泊まったホテルはホテルというよりも、四つの辺に建物があって真ん中には庭のある四合院という北京の昔の住宅形式を利用した宿屋で、日本で言うところの京都の町屋を改築して民宿にしたような外観だった。強く中華を意識した調度品は、いかにも外国人観光客向けにごてごてしていて、古い建物だからお風呂のお湯もなかなか温まらなかったりして、泊まる場所を選び間違えたかもとちょっと後悔していた。壁も薄そうだからペイペイもペットホテルに置いてきて良かった。

近くの胡同を歩いていると、展示してあるのかと思うくらい家の門前の目立つ場所に服や下着が干してあって、日を浴びていた。春節に穿くつもりなのか、縁起が良いとされる赤いでっかいパンツが、誰に盗られる心配も無く風になびいている。

春節期間、廟会《ミャオフイ》というお祭りに行くと、ものすごい人出だった。ノスタルジーをわき起こらせるものがいっぱい売られている。回る度にカタカタと鳴る風車や、甘酢っぱいサンザシの実をべっこう飴《あめ》でコーティングして何個も串刺しにした糖葫《タンフー》芦《ルー》というお菓子、べっこう飴を平ぺったくしてイラストを浮き彫りにしたキャンディ、たくさんの香辛料を振りかけて辛くした羊肉串なんかを屋台で売っている。北京には串刺しの食べ物が多くて、買った人は道で歩きながら食べている。信じられないのは、極寒の外でもご当地名物アイスを食べる人を見かけることだ。前門通りでは前門の形をしたアイス、天壇《てんだん》公園では天壇の形をしたアイスにかぶりついてる人がいて、見てるこっちが震えた。

氷点下だよ!?

开水《カイシュイ》と呼ばれる温かいお湯を魔法瓶に詰めて持ち歩き、しょっちゅう飲んでは身体の冷えに気をつけてるはずの中国の人たちが、真冬に外でアイスを食べるのは本当に謎だ。夫に疑問をぶつけてみたら、それは〝以寒攻寒〟といって、寒さには寒さで攻めろという中国の文化なのだという。それならと真似してアイスを買って、外でかぶりついてみたら、知覚過敏が発動して両耳までビリビリ痛くなったので食うのは断念した。にしても本当にみんな开水を携帯している。鞄を持ってないほど軽装の人も、パンツのベルトループに魔法瓶のカラビナを引っかけて持ち歩いている。日本なら自販機で買うだろう飲み物をわざわざ自宅で用意して持ち歩くのは、お湯に対して何か絶大な信頼感があるからなんだろうか？

　占いは伝統的な手相占いや四柱推命を街ではあまり見かけず、確か中国は発祥の地なのにおかしいなと思ってたら、路上占いとかが禁止になったせいもあり、昔より廃れてきてるらしい。代わりにネットではＭＢＴＩという、たくさんの質問に答えて自分がどのタイプの性格かを導き出す診断テストが人気で、活躍するアイドルも自分はどのタイプかを公言したりしてる。他に誕生日の星座占いも流行ってて、牡牛座用コスメ、天秤座用コスメみたいな十二星座別の商品も数多く売り出されてる。

日本にいるときは、風水信じてる芸能人の記事を見ると、運とかに頼らずに自分の実力信じろよなと思ってたし、霊とかも生まれてから一度も見えたことのない零感人間だけど、風水の本場の中国に来るとさすがに気づかずにはいられないほど、パワーのみなぎってるスポットがある。ここは風水的にベリーデリシャスな土地なんだろうな、あ〜風の巡りが堂々として気持ちいいというエリアと、うっこんな所にゃ一秒たりとも長居したくねぇずらかるか、というエリアの差が激しすぎる。

　単に清潔で広くてお金のかかったエリアと、汚くてごろつきがいてエッチな店が並んでるエリア、とかの差では無い。例えば天壇公園はメインの広場や周りの広い公園や大きな通りは張りつめた清澄な空気を放ってるのに、少し外れにある建物の方に行くと、同じ敷地内なのにもうどこか陰気でどよどよしていて、陰の気配が満ちる。同じように綺麗で広々とした場所でも、進む方向次第で明るいエネルギーがいきなり失《う》せるのだ。シビアなほど陰と陽をはっきりさせてる北京と、ごちゃついてるけどまんべんなく全体的に良くしていこうとしてる東京では、そもそも目指してる都市の未来の姿が違う気がする。

北京では、油断してるといきなり野趣が溢れだしてくる。例えば完全に観光地化してる前門でも、チンチン電車が走ってたりするメインストリートは、規模や装飾は全然違うけどなんか東京の浅草の賑わいを思い起こさせるなーって感じでリラックスして歩けるのだけど、一歩路地裏に入った途端、道は暗くてゴミだらけで、歩いてる人たちのガラも悪くなる。予約した北京ダック屋に入ったら、調理される前のアヒル四羽が血だまりのショーケースの中に入ってて、ネット予約して定刻に行ったのに、店混みすぎてるから今日は無理だわって店の人は謝りもせず私たちを追い出したりと、日本では想像できないほどの落差と遭遇するのだった。例えばマッサージ屋に入ってリラックスしていたら、カッピングの吸い玉の空気抜きのためにマッサージ師が小さなたいまつに点けた炎が思ったよりだいぶ大きくて、ヒエッとのけぞったりとか、洒落《しゃれ》たレストランで突如出てくる雲南《うんなん》省の火鍋が、鯉《こい》一匹丸ごとぶつ切りで入った激辛鍋で、思ってたよりずっとワイルドだとか、不意のつき方が実にナチュラル。

北京ダックが一番の名物料理のせいか、レストランへ行くと食卓と死んでるトリとの距離が近い。北京ダックとは違う、なんとなく頼んだトリ肉の煮込み料理がウズラの頭付きで、ドンと大きな皿がテーブルに置かれたとき卒倒しそうになった。頭のついたトリ料理を初めて見た私はどうしても慣れず、頭にウェットティッシュをかぶせたら、余計ご臨終感が出て万事休す。その他にも何気なく見ていた料理番組に、とさかが白くなるまで煮込まれたまるまる一羽のニワトリ料理が出てきて秒で画面から目をそらしたり、目がバツの形になってる、死んでると思われるぐったりしたトリの可愛いぬいぐるみやキーホルダーがファンシーショップに売ってたり、トリの足爪を角に見立てて、おでこに当ててふざけている人がバラエティー番組に出てきたり、死んでるトリとの距離が近いというか、ゼロだ。でも私も段々慣れてきて、すぐにまったく平気になった。

料理に関しては、ナマコから、ザリガニ、豚やトリのモツ、鴨《かも》の首、鴨の舌、鴨の血を固めたもの、めずらしいのは一通り全部食べたけど、私が気に入ったのは高級北京料理店で食べたアヒルの脳だった。火を通した手の親指の爪ぐらいの大きさになった脳は蟹《かに》みそに似た、しかし蟹みそより濃厚な味が詰まっていて美味しかったが、味うんぬんより脳が味になるってスゲエという、しびれる驚きが心地良かった。

それにしてもあまりにも色んな動物の部位が食材になってるので、水のように使う油と尋常じゃない量のニンニク、大皿山盛りの唐辛子といった中華料理ならではの味付け方法が、どれだけたくさんの地球上の生き物を可食としたかを思い知る。そして食べ始めるとクセになる一筋縄ではいかない味、辛み、刺激。また運ばれてくる料理のほとんどが大きい平皿なのでテーブルの上はすぐ満杯になる。すると大皿の上に大皿を置くスタイルで料理の載った皿が積み重ねられていく。こっちの料理、油と唐辛子の量やば（笑）とか言いながらバカスカ食ってたら腹周りがとんでもないことになってた。

とにかく辛いものが美味しくて、段々舌が麻痺《まひ》してきていつも辛いものを食べてる状態になっていた。阿姨さんの作ってくれる料理以外は外食か外卖をしてるのだけど、私は日本にいるときは辛いものが苦手だったので、どのメニューを頼むときも〝不辣（辛くない）〟か〝微辣（少しは辛い）〟を選んでいたのだが、出てくる料理が麺でも肉料理でもどれでも、不辣はほんのり辛く、微辣は日本で言うところの辛口ぐらい辛かったので、〝まったく辛くない料理は食べられないんだ〟と絶望していた。だけど口が唐辛子や花椒《ホワジャオ》といったびりびりした香辛料に次第に慣れてきて、すでに私の口は中国対応になっていた。むしろ少しも辛くない料理に出くわすと、刺激が足りないような、味が薄いような気がする。辛みが無いと味覚の着地点を見失い、舌が口中で彷徨《さまよ》い続ける。急激な味覚の変化が少し恐ろしかった。

辛い麺（面《ミエン》）がウマすぎる問題は毎日発生していた。涼皮《リャンピー》、蘭州《らんしゅう》牛肉面、武漢《ぶかん》熱干面《ルーガン》、葱油拌面《ツオンヨウバン》。中国各地で食べられている豊富な種類の汁麺や混ぜ麺が食べられるのは、レストランの豊富な北京ならではだろう。タニシがスープの出汁《だし》になっている螺螄粉《ルオスーフエン》も食べてみたが（夫はタニシとか気持ち悪いので食べないと言った）クセのある辛い味で美味しかった。タニシの匂いに合わせて、トッピングされた酸っぱいタケノコと黒い臭豆腐《しゅうどうふ》も非常に個性的な匂いを放っていたけど、食べてもマスクして外出ればへーキ。麺は日本の麺より、より生活に近くて安く食べやすい。それでいて具がカリカリコリコリしてるものもあって、病みつきになるソースはねっちゃりして辛い微辣表示のものさえ、舌や唇がぴりぴりしてくるほど辛い。普通レベルの香辣にしたり、さらに上のレベルにしたりしたらどれくらいになっちゃうのか想像もつかない。

あと忘れちゃいけないのが、中国の食べるラー油、老干妈《ラオガンマー》。大学院生カップルに言うと、若者には全然流行ってないと笑われたが、味覚がババくさくても構わない。とにかく老干妈は程よく辛い上に味に深みがあり、白ご飯にかけたら何杯でも食べられるけど、さらに納豆を加えても吉。北京には納豆は冷凍のしかないけど、解凍してから混ぜて食ったらコクが出て美味い。辛いようで辛くない少し辛いラー油と似てるけど老干妈は味噌と納豆みたいな味わいの豆豉が入っててそれが一線を画す。一つ難点は麺でもご飯料理でも老十妈を入れると、味が強すぎてどんな料理も老干妈の味になってしまうところだ。

　色んな地方の麺が美味しい。武漢出身の热干面は汁なしのネチャネチャした混ぜ麺、具は細かく刻んだネギやザーサイ、胡麻ペーストぐらいのシンプルさで、納豆投入してもウマいんじゃないかとも思う。中国の簡単に安く食べられる麺は、小吃《シャオチー》というお菓子と飯の間みたいなジャンルに属してて、親しみやすく人懐こくエンタメ性が高い。小腹が空いたときに遊び気分で、すすって食べられる。そのくせ味はインスタント麺からはかけ離れて手料理っぽいというか、血が通ってて、ほっこりした実家感がある。そしてこんなもんをおやつとして食べてたら、確実に太る。でも食べる、だってウマいから。ウマいんじゃあぁと叫ぶ私の腹はすでに日本から持ってきたスカートのウエストをノン！　と拒否するわがままボディになっている。

無類のイモ好きとして、冬はサツマイモ、特に紅はるかを食べないと朝も夜も明けないのだが、中国にもサツマイモがあって、毎朝淘宝で買った蒸し器で蒸していた。サツマイモの見た目は日本とあんまり変わらないけど、中はオレンジ色が強く水分が多く軟らかで、とても美味しい。でも日本の金時芋みたいなねっとり舌にからみつく甘さは無く、ライトだ。品種も日本ほど豊富では無いようだ。繊維質すら糸を引いたべっこう飴のように甘い金時芋が恋しい。一緒に色の薄いトウモロコシを蒸していたが、こちらも日本のトウモロコシとは全然食感が違って、粒一つ一つが炊いたもち米のようにむっちりしていて美味しかった。

せっかくレストランに来たら、色んな種類の料理を食べたいもの。だけど中国の料理屋は大勢で来るのを基準にしているからか、大体一皿が大皿で量も多い。でもたくさん頼んでたくさん食べ残したあと、店員を呼んで「打包《ダーバオ》」と魔法の呪文を唱えれば、ささやかなプラス容器代金と引き換えに、残した料理を全部容器に詰めて持って帰ることができる。〝お残しは許しまへんで〟みたいな文言と共に綺麗に空になった皿の描かれたポスターが北京の街中に貼られていたが、どうも国を挙げて残飯を減らそうキャンペーンをやっているらしく、ほとんどのお店でもお残しを持ち帰ることができるのだ。持って帰ったご飯はうちで食べても十分美味しい。前はそれらの残飯をペイペイにもやってわけあいながら食べていたが、見ていた阿姨さんが〝犬の健康に悪い〟みたいなことを中国語で言ってきたので、ペイペイにあげるのはもうやめた。

飲み物は自販機には汽茶《チーチャ》という名前の炭酸茶があって、試しに飲んでみたらその名の通り微炭酸がスパークリングしてるジャスミン茶で、少し甘いが炭酸ジュースよりさっぱりした飲み心地で、飲んでも飲んでも喉が渇くといった現象は起きなかった。

街の至るところに色んなチェーン店のコーヒーショップがあるから、コーヒーはどこにいても気軽に飲めた。あらかじめスマホアプリで注文しておいた飲み物を店舗に取りに行くだけのサービスが流行っていて、喜茶《シーチャ》、奈雪《なゆき》の茶、luckin coffee に至るまで店内で飲み食いできるスペースはあんまり充実してなくて、飲み物の大きなカップを受け取るとほとんどの人が店内から出ていき、道や職場や家で飲んでるみたい。Starbucks は至るところにあり日本のスタバと同じように店内はカッコ良くて居心地良いけど、他の店に比べるとかなり高いからかあんまり人がいない。

中国といえばお茶だからレストランに行くときは必ずポット入りのお茶を頼んでいたけど、茶に嗜《たしな》みの薄い舌を持つ私としては、あまり違いが分からなかった。もっともお茶に詳しい夫にとって中国の豊富な茶の種類は興味の対象らしく、レストランへ行くと高級茶を厳選して頼んでいた。


夜が深まるにつれてどんどん人の集まってくる、ライトアップされた極寒の前門通りを歩いて四合院に戻ってきて中国の新年を迎える前、十一時頃に夫は寝てしまった。私は時々うとうとしながら、日本の紅白に当たる「晩会《ワンフィ》」という番組を見ていた。テレビに出てる若い女性歌手たちを見ていると、髪黒・美白・唇赤のコントラストがかなり強い。

女性歌手はとても綺麗だけど、細すぎてどこか不健康そうにも見え、赤すぎるリップが今しがた食事を終えてきた血吸い人魚のように見えなくもなかった。

若い男性の歌手は優男の極みみたいに細くて儚《はかな》げで、街中の角刈りの男性たちとは似ても似つかなかった。顔は美しかったが、貧血や過呼吸で倒れそうに見えた。

対して中年男性歌手や女性歌手は何か特別な儀式でもあって魔法が解けたのかと思うくらい雰囲気が違い、老いを受け入れてる分、しっかりと肉をつけてかえって若い人たちより健康的に見えた。中国では男女の外見の差がはっきりしてるように、若年と老年の差異もチラ見ですぐ分かるくらい明確だ。

十二時を過ぎるちょっと前からにわかに外が騒がしくなり始め、ショールだけ羽織ってドアを開けて凍えそうな屋外のバルコニーに出た。遠いから姿は見えないけど念願の爆竹や花火の乱れ打ちしている音が四方から聞こえ、近くの家からは「新年快乐《クアイラ》！」と野太い声、中国語、笑い合う声、子どもがママを呼ぶ声、赤ん坊の泣き声なんかが賑やかに聞こえた。夫はとっくに寝ていたから、私のいるバルコニーは一人ぼっちで暗くて静かだ。家族や仲間たちと新年を祝う声たちがひときわ明るく夜の闇を照らす。

他国で迎える正月って、こんなさびしいんだな。でも、良いもんだ。

他国の正月って、なんとも言えず他人ごと。知らない人のバースデーパーティに来たみたい。でもその距離の遠さが良い。

たとえば家に一人でいてスマホをいじって楽しそうに遊んでるリア充たちの画像

を何枚も見ているときの疎外感より、何倍もダイレクトに光と闇だった。明るく暖かい家で各々の家族が年越し&新年の絶頂を迎えているなかで、既に一月一日の夜十二時を越えた瞬間にイッてしまってた私は現在早漏後の賢者モードで、バルコニーの夜の闇に溶け込みながら清々《すがすが》しいさびしさを存分に味わっている。すぐ近くの塀の上で鳴き声を上げてる野良猫に親近感を持った。

もっと外にいたかったけど、寒すぎてあわてて部屋のなかに引っ込んで、天蓋ベッドで赤く薄いカーテンに四方を囲まれながら眠りにつく。薄いながらもカーテンに囲まれながら寝るのは、敵が来ても大丈夫みたいな安心感があって寝やすかった。たとえカーテンの色がラブホの調度品ぐらい赤く燃えそうな紅だったとしても。

旧暦の新年を迎えてからというもの、春節の期間を遊びつくそうと躍起になった。街中ランタンで赤い上に、まだしつこくクリスマス飾りも残っていてサンタクロースもいるから余計赤い。ほんとこの街には色んな赤色がある。街の装飾も人の服の色にも色んな赤がある。バラや血のような暗い赤、ピンクが潜んでるチープキュートな赤、ほとんどオレンジに近い太陽みたいな赤、錦鯉の赤、くすんだ甘い小豆色の赤。ピジョンブラッドは鳩血赤と書かれていた。そして街中で見かける国旗の赤。「赤って二〇〇色あるねん」と言われれば「いや体感だともっと種類ある気がする」と答えたくなるほど中国には赤の種類が多い。今日のスーパーでは発光してるんじゃないかと思うほど鮮やかな赤のソックスを買ってる人がいて心が躍った。めでたい！　縁起！　って感じ全開の赤で、けばけばしくはあるけど人間の奥に眠ってるニンニクの香るハッスルを呼び覚ます作用がある。

にしても、春節期間に行事固めすぎ。お祭り騒ぎだし、こんな浮かれたチャンスは見逃せない。大学院生カップルに頼んで行ける春節イベントはほとんど見に行った。

灯光といってビルの壁面にデジタルで派手な春節っぽい模様が映し出される。サイケデリックな、めくるめく曼陀《まんだ》羅《ら》模様の輝き。ビル群の頭頂部もライン状につながってピカピカ光り、電飾の川流れのようだ。今の時期なら夜外に出て遊ぶのも絶対楽しいと思って街のイルミネーションを見に一人外に飛び出したが、尋常じゃない寒さですぐ家へ帰ってきた。日本の冬の夜とは寒さのレベルが違いすぎ、さすが最低気温マイナス十三度。春節過ぎれば暖かくなる目安、と同じマンションに住む日本人は言ってたけど、今こんなに寒いのに本当だろうか。呼吸のせいでマスクの内側に溜《た》まった結露が冷たくなっていよいよ氷になりそうだし、鼻毛も凍る。王府《ワンフー》井《ジン》の地下にある和平菓局《フーピングオジュー》の国潮庙会では、人いきれの空気薄で危うく昏倒《こんとう》しかけた。次第に私は焦ってきた。春節に気合いを入れすぎて、ちゃんと遊び尽くせるかどうかが不安で緊張してるのだ。ほとんど変態だ。

「ちょっと灯会っていうの見に行ってくるね。中国版のエレクトリカルパレードみたいなのが公園でお祭りと一緒に光ってるらしいの」

「夜に出歩くのかい？　あまり無理するとまたコロナに罹るかもしれないよ」

「免疫できてるから大丈夫だって。行ってきます」

大学院生カップルも付き合ってくれなかったので、朝阳公园の灯会は一人で見に行った。

しかし在中歴の長い日本人の旅先は北京市内だけには止《とど》まらずゴン攻めで、参加者募集中の日本人旅行サークルの旅の行き先はベトナムとの国境にある徳天大瀑布だし、北京在住の普通の家族連れのブログを読んでも〝今日は子どもの冬休みを利用して、哈爾浜《ハルビン》の氷上祭りと渓谷の温泉に行ってきました☆〟といったスケールのデカさで、哈爾浜がいま零下二十度と知って、北京でクソ寒いとか言ってる自分はなんか負けた気がした。

かくして私の一月一日から二月五日の元宵節まで続いた新春お祭り騒ぎはようやく終わった。今年の正月は長かった！　もうへとへとだ。始まって嬉しい、終わって嬉しい春節。エコだ。

春節も終わり、北京暮らしが少しずつ長くなってきて、私も暮らしのなかで色んな北京や北京に住む人の個性に気づき始めた。

中国の人は話すとき声デカい、というのは私も日本にいるときしばしば感じていて、本国はさぞかしワイワイ賑やかだろうと思っていたけど、実際はそうでなく、ほとんどの人たちはフツーの声量で、柔らかい声音で話していた。ただ一部、怒ってんのか声がデカいのかがマジで分からん、怒号の会話を何往復もしてる人たちがいて、そーいう人たちは中年以降の年齢の人が多いのだけど、中国語で話してる内容が分からないから、キレてるのかただ声がデカいのかが判別できない。日本なら（ケンカだ、ケンカだ）と道行く人たちが声のする方を振り返ったり、逆に恐がってうつむいて避けて通ったりするレベルのデシベルでも、北京の通行人たちは素通りして見ることもない。ラウドな声の当事者たちも興奮したり殺気立ったりしてる様子はない。むしろ顔をうかがい見ると笑ってるので仰天する。ただ声と口調がひたすら怒鳴ってるだけなのだ。

強い系中国人もいるが、穏やか系中国人ももちろんたくさんいた。言葉が分からない分、表情とか口調とかで言ってることを推測できるようになっていた。ものすごく厚かましい人とそうでもない人がいて、そうでもない人が注意して厚かましい人が反発すると、そうでもない人がハァーとストレスMAXの気配漂う弱々しいため息をつき、あきらめたりイヤイヤながらやり過ごしたりして厚かましい人を満足させる。仕方ない、というのは、「メイバンファー」と言うらしい。ハァーというため息のあと、その人の脳内に「メイバンファー……」が駆けめぐってるんだろうなと想像する。

小红书《シャオホンシュー》という中国のメイクやファッション、ダイエットや旅行などの情報が投稿されてる動画配信アプリにもハマった。小红书は十代二十代の若者が使うもので私のオシャレの参考にはならない、若すぎというイメージがあったけど、メイクの他にも観光やテレビ番組やイベントの情報も手に入れられるので結局淘宝の次によく使うアプリになった。

美人系、可愛い系、カッコいい系とオシャレの種類で投稿者の見た目が全然違うのは日本と同じだが、日本だとブリッコと呼ばれそうなファッションの娘も堂々とカワイコぶってるのが印象的だった。中国にもブリッコはあるけど日本と決定的に違うのは、濃度高めの〝わんぱく〟がチャームになってるとこだな。膨れっ面だったり、にぱぁっとした笑顔だったり、いたずらっぽいすばしっこい動き、小生意気な命令しぐさ、元気なわんぱく女児の片鱗が年頃の女性にも見え隠れするのが中華風ブリッコ。それに比べると日本はおとなし〜はじらい〜モジモジ〜。要は〝純真〟の捉え方が国によって違うのかな。あざといという流行り言葉が示す、他の女子を差し置いてカッコいい男子に媚《こ》びを売る〝小賢《こざか》しいずるい女〟の雰囲気が、日本のカワイイファッションにずいぶん迷惑をかけている気がする。大体日本はカワイイを全力でやる女子に対して、ブリッコとかあざといとか年考えろとかモブのひがみ根性からの横やりが入りすぎるのだ。可愛くてうるうるでちゅるちゅるなのが好きなんだからどんなカッコでもいいじゃねえかうるせえ、と批判をはねつける強さがあれば、もともと可愛いものが好きな日本女子の感性は中国よりももっと細密に発展するだろう。カワイイと相性が良いのはカヨワイとオサナイだけじゃない、カワイイはズウズウシイやケバケバシイとも平気でマッチングできる存在だと開き直れる度胸がこれからのヤマトナデシコには求められる、はず。

小红书のメイク動画を見ていると、配信者が中国人であれ韓国人であれ、同じアジア人女性の私は全然関係なく参考にできるので、メイク動画に国境は無いなと思っていたけど、この前白人の初老くらいの男性が若見えメイクを教えてる動画がバズってて、マジでメイクに国境無いなと思った。

次の動画では白人で髭《ひげ》の中年男性が若見え方法を教えていた。彼と私では性別も人種も顔の骨格も、なんもかんも違った。しかし彼は目尻からこめかみに向けてコンシーラーを入れることで生まれる効果を丁寧に説明していて、絶対に全然参考にならないと思って試しに目尻からこめかみに向けて斜め上にコンシーラーを引いてみると、私の目元が斜め上に引きあがり、五歳は若返った。

あと、小红书ではブランドバッグと高級腕時計がヒエラルキーが高い順にピラミッド式の図になっている画像が人気だった。ブランド大好きの私から見ても、あけすけでいやらしいピラミッドだったが、ある意味吹っきれてて正直だとも思った。あくまで上質の、ハイセンスなお品ものを私たちは求めて……とかいくら言い訳しても、私が無理してまで高価いバッグを買う理由は、自分の社会的階級を上げたいからだ。あとこんなピラミッド見たら、エルメス創業者は笑いが止まらないだろう。毎日外で持ち歩ける金メダルを自分たちが発明したと、確信できるんだから。

淘宝では人毛ウィッグが激安で三万円も出せばロングのふさふさの人毛ウィッグが買える。全頭のも頭頂部だけのもサイドだけのもあって種類も豊富、ワクワクしてショッピングモールのウィッグショップでロングヘアを試着してみたら、もともとの髪の毛が邪魔してるのか、少し浮く感じ。山姥チックに見える瞬間があるので買うのはやめた。

中国美人はとにかく毛量命！　だからウィッグの毛の量も迫力の桁き無し。あとみんなよほど上手く装着してるだけかもしれないけど、明らかにウィッグみたいな女の人を全然見かけないから、私だけかぶってるとか悔しい気がしてやめた。

ちなみに男のウィッグは禿げた頭頂部にベレー帽みたいにペロンと貼るものが流行してるみたいで、貼りやすいように潔く頭頂部を剃りあげてしまえば、サイドとバックは刈り上げてる人が大半の中国人男性にとっては使い勝手の良いウィッグで、ほんと帽子みたいに長さや色の違うウィッグを代わる代わる頭に貼ってる人がTikTokにいて面白かった。これもバレないように上手く装着してるのか、それとも普及してないのか分からないけど、街中で明らかに貼ってる人は見つけられなかった。

北京ではスーパーの品物名や街の看板などにやたら日本のひらがなの「の」だけをよく見かけ、「の」の有名さに嫉妬した。「の」を親しみやすく感じるのかもしれない。文法の使い方が合っている場合は少ないんだけど、「の」の丸っこい分かりやすい形がなんだか気に入ってるのだろう。分かる気がする。多分中国語はあまりに漢字ばっかりで、無意識のうちに目が疲れてるから「の」みたいな簡単でのんべんだらりとした字が四文字熟語の三番目ぐらいに来ることにより、その長年の疲弊を癒やしているんだろう。知らないけど。

私のマンションの近くでは、大勢の外卖の人たちが道傍《みちばた》に自転ターを止めて注文待ちで煙草吸いながらマクドナルド前でたむろしてて、荒《すさ》んだ雰囲気を放っている。

店舗での飲食はコロナ禍の名残りで休止してるけどデリバリーは営業中という不自然な営業形態を採ったせいで、電気の消えた店内の前の道路が外卖の人と自転ターでごった返している奇妙な状況が今も続いてる。

変な経験も積んだ。商業施設などで公衆トイレのドアを開けると人がいたことが何度かあった。鍵閉めてよと思ったけど多分鍵が壊れてるから開けてる。私も入りたかった和式（いや中式なんだけど、この場合なんて言えばいいのか？　とにかくしゃがむヤツ）トイレのドアの鍵が壊れてて、まあ少し外れたところの人の来なそうな場所にあるから大丈夫だろうと思って用を足していたら、背後からガチャリとドアの開く音がして私は悲鳴を上げ、「没有《メイヨー》」とおばさんの低く呟《つぶや》く声がしてまたガチャリと閉まった。おばさんの声のトーンが全然驚いてなかったのがツボで、しばらく尻丸出しのまま声を殺して笑った。

いくら私でもどれだけ長く住んでも慣れないだろうなと思ったのは、やっぱり歩きでの移動のときの横断歩道だ。自転ターはいつまで経っても慣れそうにない。

自転ターも自動車も地下鉄も高铁も、日本の乗り物よりもかなりのスピードで、ツァーーーと走っていく。まっすぐな道が長く続くからか運転にもたつきがなく、いちいちの確認があんまりないから、何かにぶつかりそうになったら直前でハンドルをきって避けてる。

信号機が無い道の、車がビュンビュン走ってるとき隙を見て渡るのは超ハードモードだし、信号機があって青になっても全然安心できなくて、右折で走ってくる自転ターが横腹に突き刺さりそうになる。昔の中国は、大勢の自転車に乗った人たちが大通りをわちゃわちゃ走ってるイメージがあったけど、今はそれが自転ターに成り代わっていて、ハイスピード化したのにまるで自転車のように当たり前に歩道を走ってくる。

とにかく長く広い横断歩道を真ん中まで渡るまでは気が抜けなくて、目の前を自転ターが掠《かす》りそうな距離で走り去っても堂々と歩いてる現地人を尻目に、私はつい小走りをしてしまう。日本の横断歩道を二次元とするなら、中国のは五次元って感じの難しさだ。歩行者も異様に図々しく赤信号のうちからじりじり横断歩道を歩き出してしまうので、見ているだけでハラハラする。一度信号待ちが長かったとき、外卖の自転ターおじさんがブチ切れて、車に向かって何か怒鳴りながら赤信号を進み始め、車は急ブレーキをかけて止まった。そしたらそのおじさんは後ろを振り向いて、私たち他の待ってる大勢の歩行者に向かって、お前らも渡れ！と言わんばかりに手を後ろから前へ振りかざした。一瞬「え!?」となったが、外卖モーゼの号令により、みんな一斉に赤信号を渡り始めたので私もあわててその波に乗った。赤信号無理やり渡る人が一人だけならまだ分かるけど、他の人たちも渡っちゃうのがすごい。まあ私も渡ったんだけど。まさに赤信号、みんなで渡れば恐くない、だ。

大学院生カップルとは春節後も相変わらず会っていた。彼らとは将台のインディゴの莆田餐厅《プーティエンツァンティン》で海鮮料理も食べた。福建《ふっけん》省の黄花魚《キグチ》、クセの無い淡白な白身で、でも舌に淡い旨味《うまみ》が残って、ちょっとアユの味のあっさりさに似ている。かなり食べやすい味だけど、日本ではあまり出回ってない魚なのかな？　窓から階下の吹き抜けのイベントスペースを覗くと、大きな宇宙飛行士キャラのバルーン。中国では今宇宙が流行りのテーマらしくて、商業施設の展示にも宇宙モチーフが溢れてる。

さて、暁蕾が知らない間に私と彼女の彼氏の浩宇との仲はどんどん深まっていった。

北海《ベイハイ》公園に行ったあと、休憩中のカフェで彼女がトイレ行ってる間に、テーブルの下で浩宇と手を握り合う。誘ったのは私からで彼はまだあいまいな態度だけど、握った手を振り払うこともないので、彼もこのスリリングな状況を楽しんでるんだろう。言葉が通じず口をつぐんだままの私たちは見つめ合ったまま、瞳に様々な感情を溶け込ませる。

階段を速いスピードで上ってくる足音が聞こえて私たちはぱっと手を離したが、上がってきたのは私たちの頼んだエピピラフを運んできた店員さんだった。私と浩宇は目を見合わせて笑った。

一緒に遊ぶようになってからかなり早めの段階で、暁蕾には内緒で私たちはWeChatの連絡先を交換し、メッセージを送り合っていた。私は夫にバレないために、あっちは彼女にバレないために、メッセージは相手が読んだと確認できたら速攻消した。だから後から見返しても私たちのやり取りは全部削除されていて読めない。でも彼からの文章を眺めてると、今まで意味を成さない漢字の羅列にしか読めなかった中国語が急に頭に入ってきた。語学の勉強のためには、その国で恋人を作るのが手っ取り早いというけど、本当だ。彼の方もまんざらではなさそうなメッセージを送ってきていたが、私はもっとストレートに攻めていた。

〝也许我喜欢你〟（もしかしたら私はあなたが好きかもしれない）
〝你是个很棒的男生〟（あなたはとてもカッコいい男性）
〝晓蕾是个好人，但有点固执。你有时候很累〟（晓蕾は良いコだけど、ちょっと頑固。あなた時々疲れてるよ）
〝请告诉我两个人能见面的时间〟（二人だけで会える時間を教えてよ）
ある日もメッセージを送って楽しんでたら、突然浩宇から電話がかかってきて、出ると声の主は浩宇ではなく晓蕾だった。激昂《げきこう》した様子の晓蕾が電話越しに中国語で怒鳴ってくる。何を言ってるのか分からないけど、多分浩宇とのメッセージのやり取りがバレて罵られてるのが伝わってくる。晓蕾はただのガリ勉だと思ってたけど、これほどの剣幕で怒鳴れるとは見直した、きっとクラブの待機ルームで時々起こるホステス同士のケンカでも勝てるタイプの女だ。
すぐ電話を切ったが、すぐWeChatでメッセージが来た。
〝イタいオバサン　すごく厚かましい　彼氏も迷惑だと言ってます　失せろ！〟
イタいなんて日本語のスラングをよく知ってるな。さすが勉強熱心ねと放置していると、また電話がかかってくる。出ないでいると、何度も何度もかかってきたので、仕方なく中国語を調べてこっちからメッセージを送った。

〝我没有和你男朋友做爱〟（私はあなたの彼氏とセックスしていません）

送信後また電話がかかってきて、てっきり和解できると思い電話に出たらまだ怒っている。むしろ火力は先ほどより勢いを増している。一番聞きたい言葉を送ってあげたのに、なんでまた怒るのか。

電話を切って、かかってきても出ないでいたら、彼女から最後に一言メッセージが送られてきた。

〝人间失格！〟

おあとがよろしいようで。


二月も末になると日中の気温は六度まで上がり、ようやく忌々しいモコモコダウンを脱ぎ捨てられた。Massimo Duttiの黒い羊革コートとJACQUES WEIのモノトーンの波柄ロングワンピース、Roger Vivierのハイヒールで出かけたら、着込みまくってた極寒の真冬より身体が軽くて颯爽《さっそう》とした気分になったが、でもやはりまだ寒く、中国製の発火しそうなほど熱いカイロを腰に仕込む羽目になった。しかし日本よりも早く冬が終わるようだから、ダイエットもそろそろ本格化しないといけない。

やっと暖かくなってきたから、万里の長城の地面に張ってた氷も解け始めた。冬の万里の長城は斜面が凍って滑り台のようになっている、みんな滑りながら降りてると聞き、それは無理と思ってたのでようやく行けた。万里の長城ならということで、夫もついてきて、観光会社の運転手付きの車をチャーターして出かけた。生まれながらの北京っ子という運転手の彼は、昔は北京の範囲は故宮まわりの中心部に限られていたけど、開発によりどんどん外縁へ広がっていってるという話をした。開発区になることが決定すると、元からあった農民の畑や土地が開発側に買われて取り壊され、大きなビルや施設が建つ。この時に支払われる補償はかなり良いらしい。

「金持ちを表す言葉でこういうのがある。今まで富二代、これは裕福な家の二代目ということね、官二代、これはお役人の息子のことね、はあったけど、最近は新たに拆二代《チャイ》が加わった。これは持ち家や畑を壊された人の二代目が裕福になるという意味ですよ」

「それはラッキーだね」

私はゲラゲラ笑っていたのに夫は「そんな単純な話でもないだろう」と弱々しく呟いた。顔が真っ青だったので、後でなぜかを聞くと、運転手が高速道路を高速で飛ばしすぎるから恐すぎて、話を聞くどころじゃなかったそうだ。

長い万里の長城はさすがのスケールのでかさと迫力で、山の稜線《りようせん》に沿って連なっているので、木に景色が邪魔されず、どこまで行っても見晴らしが良かった。敵の侵入を阻むために万里の長城を造ってた当時の人は、まさか未来には絶好のハイキングコースになってるとは思いもしなかっただろうな。ようやく北京観光ができて嬉しい様子の夫は、レンガ壁の長城の窓から身を乗り出して景色の写真を撮っている。

せっかく万里の長城を攻略したのに、今度は仕事の方で懸案事項が発生し、弱気な様子の夫。赴任してきた日本の職員に、任期途中での帰国命令を下さなきゃいけないのが心の負担になり、深刻な表情になって朝ごはんを食べている彼を私は鼻で笑った。

「何言ってんの、役立たずになれば送り返すのが当たり前でしょ」

顔を上げた夫は、はあああ？　という表情になってる。

「確かに最終的には日本へ戻さなきゃいけないかもしれない。けど、西川くんが中国で奮闘してるのを見てきたんだ。僕に葛藤が生まれるのは当たり前のことだろ」

「何そのワンクッション。意味分かんない」

良きにつけ悪《あ》しきにつけ、結論がもうほぼ出てるのに悩んだりする人って不思議。大きな仕事のオファーが来て、自分にできるかどうか分からないから一週間ぐらい悩んでたんです～とかも意味分かんない。結局やるくせに、しらじらしい。まだ対外的に演技で悩んでる風に見せるなら分かるけど、今の夫みたいに心から悩むなんて、なんの意味ある？

「もういい、君に相談した私がバカだったよ」

夫は吐き捨てるように言うとダイニングテーブルから立ち上がり、自室へ引っ込んでしまった。結婚する前、夫は私のさっぱりした性格を評価していた。君は僕が転勤続きで一人の時間が増えても寂しいとか言わないし、僕のプライベートに対して変な詮索もしないし、社交の場に連れてってても物怖《ものお》じしないから楽だ、というようなことをもっとオブラートにくるんだ物言いで言われたことがある。たぶん夫不在の時間が長すぎたのが不満で、子どもを連れて出て行った彼の前妻と比べられてる。

夫は配慮の行き届いた回りくどい言葉を使うのが丁寧で上品だと思っている節《ふし》があるけど、私は物事の本質を見抜くので最短で真理にたどり着く。よく短絡的だって勘違いされる私のこの長所を、出会ったときからいち早く見抜いていた。もちろん夫より若いとか未婚とか見た目が好みとかいう理由もあっただろうけど、きっとそれだけじゃなく、〝おもしれーヤツ〟として一目置かれてたんだと思う。

北京に着いてから夫とセックスは頻繁にしていたけど、全部避妊具ありだった。夫は何か言いたそうにしていたが、まだ言葉にはしづらいのか何も言わない。どうでもいいけど中国でコンドームはすごく買いやすい。コンビニでもスーパーでもレジ前とか目立つところに置いてあって、銘柄は日本でもおなじみのオカモトだしパッケージにはデカデカと〝超薄〟と書かれて日中共通語で読めるしで、買い物してるとき目に入ってきてしょうがない。

前妻との間に二人、男の子と女の子がいるから、それほどは子ども子どもって言われない。でもそれなりに欲しいようで時たま話題に出してくるし、なんなら若い君とわざわざ僕が二度目の結婚した理由は想像がつくよね？　ってな感じで匂わせてくるけど、全部無視してる。別に子ども嫌いな訳じゃないけど、単純になんで産まなきゃいけないか分かんない。身重にならず、身軽なまんまでいたい。

夫は部屋から出てったけど、私はまだ朝食の途中だ。楽しませてもらう。

中国の乳製品は日本のそれとビミョーに味が違う。牛乳はフレッシュでまろやか、飲みやすいが、日本のものと比べると後味が少し粉っぽい。私は日本の生乳一〇〇%の冷たい牛乳をごくごく飲むと、飲み終わったあと少し頭が痛くなるのだが、中国の蒙牛《もうぎゅう》ブランドの牛乳には、同じ生乳一〇〇%でもそれが無かった。中国の牛乳の方が少し加工の工程が多いのかもしれない。

スライスチーズは個包装されている点も、正方形ですぐ食パンに載せられそうな点も日本のと似ていたけど、個包装をめくって中身を取り出すと、日本のもののように硬く自立していなく、今にも溶けそうなくらい、へろりとしている。四隅の角のとがり方もあいまいなほど柔らかくて、すぐ千切れそうになるからあわてて口に入れると、日本のより生々しい発酵チーズの味がする。全然酸っぱくなくて、口の中で溶けるような食感で、とても美味しい。スライスチーズの種類も多く、どれも食べてみたいなと思わせるパッケージだ。

ヨーグルトはライチやいちご、桃など果物を切り刻んだものが入っている商品が多いが、ヨーグルトからも酸っぱさは完全に取り除かれている。明治ブルガリアヨーグルトなどはスプーンであの真っ白なかたまりを口に入れたとたん酸っぱく、その酸っぱさで目が覚めるのが良かったが、中国は他の料理はさんざん酸っぱかったり辛かったりするのに、乳製品はどれも非常に優しい味に仕上げてある。

どちらの国の乳製品にも良さがあり、その違いを舌の上で比べやすいのが楽しかった。同じ価格帯の、日常的に食べる簡素な食品だからこそ、かえって違いが発見しやすい。さらにデザートが食べたくて、日本のものより一回り以上小さい、手のひらに載るぐらい小さい種類のミカンを手に取った。やたら小さなミカンが甘くて美味しいのだけど、ちまちま皮を剝いて食べなくちゃいけないのが難。

ミカンを食べ終わると暗い顔をしていた夫に哀れみの気持ちがわいてきて、夫のいる部屋にノックしてから入った。

「さっきはきつく言い過ぎたかも、ごめん。でもあなたも、休日なのに会社のことで悩まないで。そうだ、前話してた小区に行こうよ。ロバ肉も食べられる火鍋屋があるの知ってる？」

「知ってはいる。まあ、絶対に食べたくはないけどね」

「ざんねん。美味しいし、食べると元気出るのに」

「君はなんであんな地元の食堂みたいな所に一人で入れるんだ。外国人からしたら、アウェイなんてもんじゃないだろう。もっと入りやすい店も外卖もあるのに、なんでわざわざ？　日本では食べられない未開拓の味でも探求したいのか？」

夫は驚いた瞳で見つめてきたが、逆に私の方が驚きだ。夫は一体何に迷いがあるのか。近くて便利で面白そうな店なら、入るっきゃないでしょ。

「何も考えてない。入りたい気持ちで入るの」

「いざ入っても、注文のときに中国語が喋れないんじゃ、困るだろう」

「日本語で喋るから問題ない」

「いやいや、どう考えても通じないだろう」

「通じるよ。〝ねえ！　お水下さい！〟って言って水飲むジェスチャーすれば持ってきてくれるもん。心配しすぎ。ってかメシ屋でメシ頼むだけの一体何がむずかしいの？　花でも頼んでんの？」

こういうとき、神経質でプライドの高い人って損する。失敗が怖いから何にも挑戦できない。その点私は面《つら》の皮厚蔵《あつぞう》だから煙たがられたりもするけど、こういうときは全然へこたれない。

私たちの住む酒仙《ジウシエン》のマンションは北京の中心から遠くて少し不便だ。どうせなら王府井近くの長富宮《チャンフーゴン》に住みたかった。そしたら銀座を二倍ぐらい巨大にしたような煌《きら》びやかな王府井で毎日遊べたのに。酒仙からも毎日行けなくもないけど、ちと遠い。近くに住んでて徒歩で行けるというのが憧れのシティライフの条件だろう。電車やバスに乗ったとたん、キラキラした鱗粉《りんぷん》はちょっとずつ身体から離れていく。

代わりに小区と呼ばれる下町の団地みたいな場所は近くてフツーに歩いて行ける。渋る夫を連れ出して今度は少し離れた小区に一緒に行くことになった。バスに乗り込んでつり革につかまり、早速スマホをいじってたら、車内でおじさんの怒鳴り声がする。いつものことだ、またケンカだ、いや単に声の大きな人かもしれない、いやあれはキレてるなとか思いながらスマホの画面を眺めていたら、夫が私の脇腹をこづいた。

「おい、あの係員みたいな人、僕たちに向かって何か言ってるみたいだぞ」

「んなわけないでしょ」

「そうか？」

夫は一旦あきらめたものの、係員が私たちを見て何か言うのをやめないと、再び私にささやいた。

「あの人、ひょっとして僕たちに座れと言ってるんじゃないか？　一度座ってみようか」

「分かったよ」

私たちが座席に座ると確かに怒鳴り声は止《や》んだ。

「やっぱり僕たちに怒ってたんだ。バスの中では座るのが中国の規則なんじゃないか」

「そうだったんだ、今まで何回もバス乗ってるけど全然気づかなかったよ」

「なんであんなすごい剣幕で怒られても、君は平気なんだ？」

「だって何言ってるか分かんない。だってそうでしょ、分かんないんだから外国人なんだし、我是外国人《ウォーシーワイグオレン》なんだからさアハハハ」

夫はため息をついた。

「君は本当にポジティブだな。海外暮らしが向いてるタイプで、うらやましいよ」

逆にネガティブなこと考えながら生きてる人ってすごいなと思う。私ならたった一時間向き合っただけで心底イヤになるようなことを、夫は一日中、特に寝る前に考えているようだ。今は寝室が別だからどうなってるか分からないけど、一緒のベッドに寝てたときはイヤなことでも思い出してるのかウンウン唸《うな》り始め、毎日不眠症気味で、最終的にすごく強い睡眠薬を水で流し込んでやっと眠りについていた。寝てからも仕事してるのかイライラした悲壮感のある寝言が多かった。二分で眠りにつく私とは大違い。

「ひょっとして君は、どこの国へ行っても同じ感じなのか?」

微弱だが夫の目が不自然に鋭く光る。異常に海外慣れしてる女だ、俺の知らない過去が思ってるよりたくさんあるんじゃないかと疑ってるのだろう。確かにミャンマーもエクアドルもモザンビークも楽しかったけど、インドはお腹壊したりしてあんまり肌に合わなかった。のを思い出して、

「そうでもない」

と私は答えた。

貸し自転車の小さな前カゴに、もう十分成長しているサイズの子どもを押し込んで、母親らしき人が道路を走っている。子どもはどうにかお尻だけをカゴに押し込んで足とかはみ出てるけど気にせずにゲームしている。お母さんは大きなバスがすぐ横に来ても自転車を漕ぐスピードをゆるめず、車体スレスレのコースを攻めながら余裕で走り去っていく。

バスの窓から、険しく眉をひそめた、塩顔で鋭い眼差《まなざ》しで道路に佇《たたず》み、猛スピードで走り去るたくさんの車を眺めている女性が見える。北京には北風の似合う塩顔の女性が時々いる。典型的な北京女性とは雰囲気が違うから、地方から来た人なのだろうか。背が高く肩幅が広いせいか、あまり寒そうに見えない。どんな辛い火鍋でも食べそうな気がする。直毛の長い黒髪も意志が強そうで、絶対ケンカに負けなそうな風格だ。

小区の入り口には門番みたいなおじさんがずーっと座ってて、部外者とバレたら止められたりするのかなと思ったけどノーリアクションだったので、普通に中に入れた。

小区でカードゲームをしているおじさんたちの前を通った時、急に夫が声をひそめだした。

「なに？　聞こえない」

「しっ、あんまり大きな声で喋るな。日本人だと気づかれるかもしれないぞ」

ようやく耳に届いた夫のささやき声を私は一笑に付した。

「小区で日本人ってバレたらボコられるって？　んなわけないっしょ、大丈夫だよ、みんな普通に暮らしてるだけだし、監視カメラもついてるし」

色々小区を巡ったけど、やっぱり私のお気に入りは家の一番近くの小区だ。うちの近くの小区は庶民的な住宅街で、古い集合住宅が所狭しと並び、車が一台やっと通れるほどの小道がいくつもに枝分かれして、肉まんや生活用品、野菜などを売る小店舗もいくつか並ぶ。確かに北京の大通りと比べれば圧倒的にアットホーム感が強く、下町の温かさみたいなのも感じて私は好きだった。

大都会の北京にはこのような懐かしい感じのする小区がいくつもあり、薄く広い青空に向かってそびえ立つ銀色のタワー群との対比は凄まじくて、格差社会を痛感する風景でもあるけど、小区は犯罪多発のハーレムとは違う。しかし夫は警戒して眼だけ動かして周りの人たちをキョロキョロ見ているので、そんなことより足元に犬のフン落ちてるから気を付けなよと言いたかったが、バカにしているのかと言われそうなので黙っていた。

ついでに夫と一緒にマッサージ屋に入ったが、小区のマッサージは想像より数十倍ぐらい烈《はげ》しかった。背中をパンパン叩《たた》いたり、足を塩でもんで激しく擦ったり、たいまつの火で中を炙《あぶ》った吸い玉を背中だけでなく足の裏にも押し当てたり、髪の毛全部を両手で握り雑草でも引っこ抜くように全力で真上に向かって引っ張ってみたりと、もはやマッサージというより、爽快な悪魔払いの域で、数々の儀式が身体中に施される。フェイスマッサージではタオルなしで、日本人マッサージ師なら用心して触れない眼球のキワのキワまで強めの指圧で攻めてくる。

他にも首と鎖骨の間の、ほとんど骨みたいな箇所を入念に指圧したり背骨と腰の接続部も様々な角度から刺激したりする。

「君はやっぱり中国が向いてるんだなぁ。僕には何年経っても無理かもしれない。海外赴任ばかりの人生だけど、そもそも外国暮らしが僕には向いてないんだ。前の妻ともそれが原因で離婚したしね」

マッサージをしてもらった後の夫は心なしかすっきりした様子で、そうつぶやいた。

「マイナス思考になっても、なんも生まれないよ」

「逆に君はなんでそんなにプラス思考になれるんだ。あ、電話かかってきた、ごめん、出るよ」

相手は仕事先の人だったみたいで、急に口調がしっかりして、てきぱきと部下に指示する夫を見ていると、ふと思った。いつか老いた彼がこんな風にできなくなるのを見る日が来るんだろうな。そのときは、私が支えてやる。それが、夫婦ってもんだ。できなくなってからが、本番だ。


知らぬ間に夫が同じマンションに住む日本人と交流していて（マンション一階のスペースで出会って意気投合したらしい）週末に日本人ばかり集まる飲み会が、マンションの一室で始まるというので、一緒についていった。

ホストの日本人駐在マダムにご挨拶する。にこやかに応対するマダムだが、目玉の動きが特徴的だ。挨拶のとき、足元から顔の上にかけて、舐めるような目つきで私の全身を見ていた。んで、顔の横に手を添えたポーズしてるから、品定めって言葉がぴったり。私もバッグ買うときはこんな風に下から上まで眺め回すけど、さすがに人にはしない。別にそれで失礼なこと言われるってわけじゃなくて、むしろ着てる服とか褒めてくれたけど、下から上にサァッと上がってくる目玉の動きが、レーザー光線当てられてるみたい。

「まったくこの国のスピード感には、ついていけませんよ。三年も続けた清零《チンリン》を遂に止めたと思ったら、いきなり〝コロナはただの感染症だ〟ですからね」

「我々の隔離期間の長さを考えたら、それぐらいの措置はあって然るべきとも思いますが」

「山崎《やまざき》さんは三十日弱の隔離を経験されたことがあったらしいですね。大変だったでしょう」

「いやーあのときは本当に参りました。北京郊外のゴーストマンションに閉じ込められましてね。私は運悪く隔離後やっと自分の家に戻ったときも、同じマンションの住民に陽性者が出まして、フロア全体が封鎖されたんですよ」

メシ後の歓談タイムというのが私は苦手で退屈で仕方なかったが、夫の手前、私だけ帰る訳にもいかない。

「旦那さんからお伺いしましたが、奥様は一人で積極的にお出かけされているそうですね。色々な場所へ行かれたなら、どこが一番印象深かったですか」

「やはり故宮ですね。豪華な重檐《ちょうえん》廡《ぶ》殿頂《でんちょう》造りの建築物とバチカン市国の約二つ分の面積を有する広大な敷地、そして取り囲む高い煉瓦壁と水の凍った堀。雄大さと同時に息詰まるほどの閉塞感を覚えたのは、私が『ラストエンペラー』を視聴したからでしょうか。精緻な壁画模様の施された世界遺産をこの目で見ることができて本当に感動いたしました」

ぺらぺらしゃべる私をさっきのレーザー光線マダムもちょっと見直したようで、帰りぎわに駐在妻の集まるお茶会に誘われた。かならず行くと約束したけれど、多分行かないだろう。参戦してかき乱したい気もしたけど、夫の面子をつぶさないために、夫の関わってるコミュニティでは暴れないというのが私の信条だからやめておいた。

散会して二人きりでエレベーターに乗っているときに、苦笑いしながら夫が話しかけてきた。

「大したもんだよ、行ったことのない場所をあんなペラペラと、さも見てきたみたいに説明できるなんて。君は故宮のことなんて、全然知らないはずじゃないか」

「今朝、北京の旅行ガイドブックに載ってた説明を覚えたの。滞在中にどこへ行ったなんて、必ず訊かれる質問だからね」

「故宮なんて見栄を張らなくても、君は北京の色んな場所に行ってたんだから、それを正直に答えればいいだろ」

「私は初対面の人間には感心されたいタイプなの。たとえハッタリでも聞いてる相手が私に一目置いたら、それで満足なの」

「でも、全部ウソじゃないか」

「ウソでもいいの、その場の雰囲気が一番大事なの。ウソだらけでもその場をしのげたら、上出来。というかウソですら無いよ、話してるときは本当に行ってる気分になるんだからね。私にとって知性とはムカつく相手をどれくらい早く言い負かせるかだし、教養とは狡《ずる》い男に騙されず自分の好きなように生きるスキルのこと」

「それが上手くできたら、本当だろうがウソだろうが、君にとっては勝利なのか?」

「もし上手くできなくても、勝ちには変わりない。なんでなら最初から勝ってると、自分で決めてるからよ」

めずらしく私の話を熱心に聞いていた夫はめずらしいものを見る目付きになった。

「魯迅《ろじん》が『阿《あ》Q正伝』で書いた、精神勝利法みたいな考え方だね。君は阿Qの精神勝利法を自然に体得してるみたいだ。めずらしいメンタリティだね。君は魯迅を読んだことはある?」

「読んだことないけど、名前は知ってる。壺《つぼ》とか皿も作ってる有名な人だよね」

「それは魯山人《ろさんじん》で日本人の陶芸家だ。魯迅は中国人で北京に住んでた文豪だよ。壺は作ってない。彼の代表作『阿Q正伝』には、阿Qという貧しい農夫が主人公として登場するんだ。阿Qは弱くてバカな男だけど、すぐ敗北を勝利に変える方法を知っている。例えば他人に騙されてイヤな気分になったとき、自分を平手打ちして、叩かれて痛い方の自分は忘れて、誰かを叩いたような気持ちを味わって、スカッとするんだ。そして全てを水に流して忘れてしまう。ある優秀な息子を持つ知り合いを前にしたときは、まだ結婚もしてないし子どももいないのに、架空の息子を心に作り出してその架空の息子の優秀さによって勝利する。つまり、事実はどうであれ、心の中ではいつも精神的に勝利してしまうんだ」

「めっちゃエコじゃん。阿Q天才じゃね？」

「天才っていうより、自分の弱さを認められない、卑怯《ひきょう》なキャラクターとして描かれているよ。魯迅は当時の中国の民衆の精神構造に危惧を抱いて、阿Qを描くことで衆愚を啓蒙《けいもう》しようとしたんだ。この作品を通して魯迅が伝えたかったのは、不遇な自分の運命にも気づけない阿Qの愚かさだよ。権力に踊らされるだけで何も分かってない群衆の愚かさに警鐘を鳴らした作品だ。けど今となってはこの精神勝利法も一概にバカな方法とは切り捨てられないかもしれないな。ある種の勘違いは図太く生きる上で重要だと、君を見ていて感じるよ。正直故宮に行ったことのある人間より、小区でロバ鍋を食べられる人間の方が、ある意味勝ってるんじゃないかとも思う。僕も見習わなきゃいけない点がある」

どうやら精神勝利法の地位はあまり高くないようだけど、私は勘で最強の方法だと気づいた。スピリチュアル・ビクトリー！　でも、明快に論理付けてどこが素晴らしいか説明しようとすると、後頭部がものすごく難しいことを考えてるときのように鈍く痛みだす。

例えばすごく努力して何かの分野で一流で、人気もあって金もある、性格も良いしモテる男が「いや、僕なんかまだまだ。僕よりもっとすごい人なんて、この世にたくさんいますから」と謙遜じゃなく心から思ってて、日々努力して研鑽してるとしたら、残念ながらそいつは完敗している。「私って負けず嫌いなんです」とか言いながら食事も快楽も節制して誰よりも美しくて、ろくに休まず社会で活躍してる人間も、かける言葉も無いほど痛ましい人生の敗者だ。素の自分を、いつまでたっても認めてあげてないからだ。反対に自他共にどうやっても認めざるを得ないほど社会の底辺に属してて、毎日イヤなことや辛いことがひっきりなしに起こってても、そいつがニヤニヤしながら「おれは敵などいない。全知全能の神だ」と心から言いきれるなら、こいつはもう、完全に勝利している、一番偉く、一番進化した、一番コスパの良い人類だ。「私はそこそこでいいの、そこそこの幸せでいいから」とか言って小確幸を求める中途半端な小市民を大きく突き放し、ぶっちぎりの第一位。この最強人類を前にしては、例えば銀メダルを獲得したのに金メダルを獲れなかったからといって悔し泣きしてる人間は、申し訳ないがコスパ最悪だ。いくら凄い人間であっても、この人を喜ばすには金メダルを与えるしかないなんて、本人どころか周りの人間も絶対疲れる。この競争社会で、マテリアルワールドで、何も手にしていないのに勝利を手に入れられるスーパー錬金術の使い手を、称賛せずにいられる？

もちろん精神勝利法で手に入れられるのは、怪しく卑しい種類の勝ちだ。正しくて客観性のある、スポーツマンシップにのっとった正規の勝ちとは程遠い。

でも、この世にまったく卑しくない勝ちなんて存在するのかな？　蹴落とされて泣く敗者がいるかぎり、勝ちに喜ぶ人間の本性等しく皆卑しくない？　なぁ？

三月中旬になってくると、北京の街の至るところで様々な花が木の枝の上に咲き始めた。

好きな服を着てきた私だったが、赤白の太ボーダーのトップスだけは昔から着られなかった。「楳図《うめず》かずおみたい」と言われるのが恐かったからだ。いや楳図先生の作品はもちろん好きで『漂流教室』とか特に夢中で読んだけど、道を歩いてて「グワシ！　グワシ！」などと見知らぬ人にからかわれたら一体どうリアクションすればいいのか。冠婚葬祭あらゆる空気読まないファッションをしてきて親戚や目上の人等々の顔を散々しかめさせてきたけど、赤白ボーダーだけは楳図先生の特権のような気がして手を出せなかった。日本では。

　しかしここ中国は違う、赤白ボーダーを着てもきっと誰も「グワシ！」とは言ってこない。さっそく淘宝で楳図先生そのものの赤白太ボーダーのちょっとオーバーサイズ気味のTシャツを買い、街歩きのとき着てった。しかし楳図先生すげーよ、生身の人間がキャラ化するまで同じもの着た結果、ドラえもんが青いのと同じくらい楳図は赤白っていうのが浸透してるんだから。真っ青のワンピースをふくよかな人が着てたら、ドラえもんみたいって笑われないかな、って心配するのと同じ程度のとこまで来てんだから。

　しかしこの服めちゃくちゃ目立つのか、今まで露出多めの服を北京で着ても割と空気だった私が、ちょくちょく話しかけられる。道路工事中のおじさん、開店前の店の準備してるおじさん、飲食店の店頭でヒマそうにしてる呼び込み係のおじさん。おじさんばっかりじゃないか。私が外国人と分かるとさらに興味津々でどこの国から来たのか、いつからいるのかなどまで食い込んで聞いてきて、赤白ボーダーTシャツの威力を思い知った。ただ目立つというより相手が私のことを勝手に明るい性格だと決めつけて話しかけてくるみたいで、こんなに根アカと思われるなら日本でも着たくなる。

水漏れ修理工事のときに、技師が洗面所の下の壁をブチ壊して作った穴からは春になって暖かくなるにつれて、耐えがたい下水の臭いが立ち込め、小さな虫があふれ出してきた。ほら、やっぱりこうなるじゃない、水漏れしてるからって洗面台の水道管の近くの壁ブチ壊して中拭いても、閉じもしなけりゃ穴が異界とつながっちゃうじゃない。いくら楽ちんでも、その場しのぎは、その場しのぎでしか無いじゃない。

電話をして文句を言えばきっとすぐに技師がまた来るだろう、そしてまた何か根本的な解決にはならない対症療法を編み出し、とりあえず虫と臭いの問題は解決してくれたあと去るだろう。分かっていても、次はどこに穴を開けるのか、どこを削るのかと思うと、そんな面白いことに付き合う体力は今んところ無い。分かりきった結末を、分かり切って迎えるのってこんな絶望することだったんだって、北京に来て初めて知った。

休日に夫と二人で出かけてタクシーに乗ったとき、夫がめずらしく勇気を出して、「あの花は桜か、桃か、梅のどれですか？」と中国語で丁寧にタクシー運転手に訊いていたが、「差不多《チャーブドゥオ》！（大差ない）」とだけ答えられていた。私はこの差不多が気に入ったので、中国人と話し外国人と見破られると大概「韓国人吗《ハングオレンマ》？」と訊かれるので「日本人《リーベンレン》。差不多！」と返すようにしたら結構ウケた。

夫が行きたいというから恭王府《ゴンワンフー》という昔の偉い人の邸宅跡に行くと、春になった今、冬には見かけなかった中国内の他の地方からの観光客が団体でどっさり来ていて、民族衣装の人たちもいて華やかだった。私にはどこの民族だか分からないが、黒地に派手な色を何色も張りつけた豪華な衣装で、普段着か正装かも分からなかった。他の団体観光客の一団はみんな目立つ赤いキャップをかぶらされていて、老人がほとんどだけど遠目には遠足に来た小学生たちのようだった。夫はハオーベッキとかいう映画のロケ地だ！　と興奮して細かい装飾の施してある長廊下などの写真をしきりに撮っていたが、私は庭の真ん中にある大きな池をずっと見ていた。前から思ってたけど、観光地でもなんでも、中国は池や川の水質にこだわらず、少し濁って、訳の分からん水草も生えたままにして、自然のままにしてある。日本はこういう有名な観光地の池はプールのように澄んでいる。整備された透明な池には清々しさと緊張が、自然なままの池には素朴さと野性みがある。西太后《せいたいこう》の別荘に行ったときも思ったけど、整備しつくさずに野趣溢れる感じでとにかく広々とさせるのは、作り込むタイプの日本の造園技術とは違って開放感を重視してる。

恭王府を出て道を歩いていると、京劇のような歌が聞こえてきて、どこかの店先から流れてるのかと思ったら、すれ違ったおじいさんのポケットの中から流れていた。北京には自前の音響機器を持ち歩いてる市民が数多くいる。ある大きな公園の見晴らし台に登ったら、高揚感のある音楽が大きな音で流れていたから、見晴らし台のスピーカーからだと思った。でもやけに音響が左に片寄ってるから、音の聞こえてくる方を見たら、一人の男性が小型の何かを小脇に抱えていて、そこから音が聞こえる。

ＢＧＭを持ち歩いてて、周りにも聞かせてる！

ある日夫が私の部屋に入ってきたとき、私とペイペイはちょうどおやつの時間で、ペイペイは犬用ジャーキーに私は鴨の首ジャーキーにむしゃぶりついていた。普段ならペイペイが目に入った途端、追い払え！　とばかりに手で振り払う仕草をするか自分が逃げるかだった夫が、今日は我慢して無理に微笑んで、吠えまくるペイペイを見つめている。

「ちょっと話がしたいんだけど、いいか」

「いいよ。ペイペイはペットルームに置いてきた方がいい？」

「そうだな。できればそうしてほしい。真面目な話だから」

私が戻ってくると、夫は仕事モードの声で話し始めた。

「最近はよく二人で外へ出かけるようになったね。君のおかげで、私一人のときは敬遠してた街歩きもできるようになって、感謝してる。今日はいままでちゃんと話せてなかった、二人の今後について話し合いたい。恥ずかしながら私は君より二十も年上だ。だから君も僕に対して近寄りがたさは感じていただろうし、僕も君の言葉にどう反応すれば良いか分からないときがたくさんあったよ。でも北京で一緒に生活して二人の距離がずいぶん近くなったと感じた。一緒にコロナの闘病をしたり、北京の街を散歩したり、改めて君が帯同家族としてついてきてくれたことへの感謝がわく日々だった。この前会社の人事と話し合ったんだが、どうやら僕の北京赴任はまだまだ長く続くらしい。その間、君もぜひ妻として私の隣で一緒に北京で生活してほしいんだ。もちろんチワワも今まで通り一緒で大丈夫だ。北京で過ごす君がどれだけ毎日イキイキしているかを目の当たりにして、僕はずっと驚いていたし、感動もしていたよ。君が中国に、北京に合っているのは疑いようの無い事実だと思う。多分僕よりも適応しているよ。日本での君は対人トラブルも頻繁にあったと聞いているけど、北京ではそうではないみたいだよね。まるで翼を使えるようになった鳥のようだ。帯同関係なく、君は日本よりこの国の方が合っていると自信をもって言えるよ」

「そんな太鼓判を勝手に押されても困るよ」

と答えながらも、夫にほめられて内心うれしかった。夫の赴任に付き合ってそんなに長く北京に住み続けられるかけよく分からないけど、少なくともここへ来てからは楽しかった。コロナに同時に罹ってもなんとか一緒に乗り越えられた夫には、同志みたいな気持ちも芽生えてる。

夫は小さく咳払いしたあと、口早につけ加えた。

「あと君との子どもがそろそろ欲しい。北京にも良い不妊治療の病院や、もしできたら日本語対応してくれる良い産院もあるから、大丈夫だよ。この前僕の方の検査をしたけど、医師には問題無いと診断された。もちろん、これからの君の妊活に最大限協力する」

むーりー。そっちが本題か。子どものためにも、やめといた方が良い。まだ産んでない子に同情するというか、だって子どもが生まれようが何しようが、私が一番好きなのは自分てことに変わりはないからね。産まないのも親心。

「ってか、すでにいるでしょう、あなた、子ども」

「それとこれとは別だろう。僕は君との子が欲しいんだ。いま僕が、あ、愛してるのは、君なんだから」

「あちゃー、これがほんとの別腹ってか」

心の中で茶化したつもりがうっかり声に出してしまい、夫の顔色が変わり、傷ついた表情になる。

「もし君が妊活もしない、北京にも残らないというのなら、残念ながら僕にも考えがある。お互いの人生をこれ以上無駄にしないよう対策を取るつもりだ。とりあえず手始めに僕たちの東京のマンションは手放す予定だ。僕はまだまだ、日本には帰れそうにないから」

じゃあ私、日本に帰国したら家なき子ですね？　ぐっとした思いが込み上げてきたけど、怒りや焦りは顔に出さない。二十代の頃から怒りは〝炎症〟と呼び、炎症はお肌に悪いから控えてきた。ニキビできちゃう。その代わり炎症を起こさないためにはどんなことだってする。私は自分に甘い。我慢なんかしないのだ。

〝女性はポーカーフェイスが必須です、感情を無にしてようやく、これだから女は感情的で話にならない、とは言われなくなります。喜怒哀楽どれもそうですが、怒るなんてもっての外。男が鼻血出そうなくらい怒ってても、森林でヨガしてるくらい無の境地でいなさい、それでようやく対等です〟と、銀座時代にクラブのママに教えこまれた。長身な上残業払いがケチだったせいで、お店の子たちからジャイアントセコイアと呼ばれていたママ。古くさい考え方で悔しい気もするけど、まあ有効なので、私はまだ教えを守ってる。時代は変わっても相変わらず女がナメられるのは、泣いたときと怒ったときだ。

離婚をちらつかせて何様のつもりという思いも、無きにしもあらずだったが、特に何も言い返さずに部屋を出た。でも自分はこんなセルフィッシュに生きてるのに、夫がちょっとセルフィッシュなことを言い出しただけで責めるのは、お門違いかも。私との子どもが欲しいという彼は、私の夫なんだから、その考えは全然間違ってない。みんな、好きに生きる権利がある。人生の進む方向が違うなら、どちらかが合わせればこれからも仲良くやれるけど、子どもに関してはお互い譲れない点だと思うから難しそう。どっちが悪いってわけでもない。

もー逆に聞きたいけどさ、妊娠出産のどの部分が楽しいの？　痛い部分は分かるよ、産むときと産んだあとと、他色々でしょ。子どもの誕生が楽しいの？　子どもはキャワイイと思うけどペイペイもキャワユイよ、性格暴れん坊だから育て甲斐もあるし。種の保存楽しいの？　私ラブアンドピース派だから自分の子孫じゃなくて他んちの子どもが繁栄してってても生暖かい目で見守れるよ✌　自分が死んだ後の世代とか正直興味ないしね。アサハカでもいま身体が軽くて、いま何でも好きなことできて、いまとにかく楽しいのが私にとって最重要だから。楽しいの数珠つなぎで人生終わればサイコーと思ってる。私だって世界にたった一人の大切な赤ちゃん、せっかく生まれたんだから、このラッキーを味わいつくさなきゃ。

テレビもさ、結婚したくない芸能人集めて企画して笑かしたりするくせに、子どもいらない芸能人集めてライトに話聞いたりはしないよね。なんかまだ禁忌っぽいままだよね、こんだけ少子化なんだからそういう層が少ないわけ無いのにね。

日本には帰れなくても別に良かった。会いたい人も行きたい場所も特に思いつかない。でもこの機会に、ちょっと日本についても思い返してみたくなる。

日本の思い出……日本のテレビに一度出たことがある。深夜の渋谷の街頭インタビューでホストクラブ帰りの客と勘違いされた私は、最近の渋谷についてどう思うかという質問に酔っぱらいのウキウキで答えた。

「今世の中鬱病とか自殺とか過労死とか多いじゃないですか。でもこんな華やかな時代に生まれて楽しめないのは、個人の責任です。バカですよバカ」

と言ったのが放送されて、ネットですごく話題になった。言い換えれば、メチャクチャに叩かれた。銀座時代の客の前で話すと間違いなくウケるのでいっとき世話になった。街頭インタビュー受けてるときの私の顔の画像は今でもネットの海を漂い続けてるみたいで、初対面の人にこの話をすると、「あ、知ってる！　あなたの顔の画像、ネットで見たことある！　すごい炎上してたよね」とか未だ言われるときもある。だからある意味私はネット上ではかなり有名人なわけだ。バズりまくったから色んな人から色んなこと書かれまくったけど、所詮電子の絵空事、私にとってネット上の罵詈雑言《ばりぞうごん》なんて、そよ風、シーブリーズ。むしろあんな嫌がらせぐらいで気に病んだり、果ては自分で死ぬ人までいるのが信じられない。屑《くず》のために死ぬな、鬼も死神も今は地獄や霊界から引っ越してきて、人間界で鼻歌うたいながらスマホいじってるってこと、知らない子たちが多すぎる。

誹謗中傷はもう止めろって、まるで相手が正常な人たちで言えば分かるみたいに真面目に非難してる有名人とかって、なんで書いてる側に明確な殺意あるって気づかないのかなぁ。自分より上手くいってる人たちを妬んでぶっ殺したいけど刑務所入りたくない人たちが、弱ってるときに効け、コロッと逝け、って殺す気満々でちまちま書き込んでるに決まってるっしょ。言葉一つで自分より何ランクも上の階級の人無罪で殺せるかもしれんのに、そんなチャンス変態たちが逃すはずはない。

世の中には、もう絶対偏見を変えるつもりの無い人というのが多数いる。その話題のときにはこんな風に貶《けな》すというのが確定しちゃってる人で、そういう人に懇切丁寧に、昔はそういうところもあったけど今は変わった、とか、こんな見方もあると教えたり紹介したりしても、フンと笑うか、とはいえ〜と反論するばかりで、絶対に改めようとしない。その人は偏見を振りかざすのが快感だから、正しい知識を得れば一つ快感を取り上げられることになる。また必死に偏見を取り除こうとする人間を無下に突っぱねるのも、自分が偉くなった気分になれて快感だから一石二鳥だ。

回線切って風呂入って生きろ。もし帰ることになればもう一度渋谷で街頭インタビューを受けて、今度はもっと過激なことを言い、みんなを怒らせたい。

このごろのペイペイはというと、すっかり変わってしまった。私に代わり阿姨さんが彼女の面倒を見るようになってから、夫を見ても吠えなくなったし、なんとお手まで習得したのだ。好きなだけ食い散らかしていたドッグフードさえ、今ではお上品に食べる。

なんでも阿姨さんは昔、ドッグブリーダーをしていたらしく、幼い犬のトレーニングをしていたらしいが、ペイペイのような立派な成犬をも手なずけるとは大した腕前だった。しかし、放置して他人に預けっぱなしにしていた私も悪いが、ペイペイには差し出された手にはお手ではなく噛みつくぐらいの気概のある犬のままでいてほしかった。あの子も本来の人（犬）格を取り戻すためには、今の環境を離れた方が良いだろう。

気付いたらスマホに美杏から不在着信が二十件くらい入ってたので、折り返した。

「泰きゅんのうちに行ったら、泰きゅんがさ、別の女と一緒にお風呂入ってた……」

「おつかれ」

「ひどくない？　その女、私のボディタオルで身体洗ってたんだよ？」

「怒るとこそこじゃないから。でもまあすごい女だね、確かに」

「なんであたし、男と上手く行かないんだろ。辛すぎるわ。さっきメチャクチャケンカして別れてきたとこ。もうあたし、全部がイヤになってきちゃった。中国行っていい？」

「もちろん歓迎だけど、今はビザとかの関係で入国するの難しいと思うわ」

「泣いて親に電話したら、バカ娘って言われた。あたしってもう男と付き合わない方が良いのかな」

「あんた男好きじゃないの？」

「好き」

「じゃあ、なにバカなこと言ってんの。人に何か言われたくらいで自分のしたいことやめるなんて、この世で一番のバカだよ。続けな」

「分かった、続けるわ。根性入れ直す。泰きゅんはやめて、別のを探す」

「いいね、その心意気だよ」

昔勤めてたクラブのイベントで、ハロウィンコスプレで出勤しなきゃいけない日があり、私や店の子たちは小悪魔や魔女やネコといった無難なちょいセクシーコスプレをしていたなか、美杏は上半身は裸で胸に〝KEEP OUT〟と書かれた黄色いガムテープをぐるぐる巻きにして、下半身は破れたデニムにヘソ出しで、ちょうど子宮んとこに〝VACANT〟って口紅で書いてた。「あいつバカすぎ」って店の子たちは笑うどころか怒ってたけど、私はVACANTって綴り間違ってなかった美杏って賢い、って思った。こんな有り様なら美杏ってどんだけ股ゆるふわかと思うけど、実は彼女は絶対に自分好みの男としかヤラない。そこは絶対ブレない。真逆の生き方してきた私は、正直彼女を尊敬してる。

「でもまだ今は心がちぎれそうに辛いよ。どーやって気分転換すればいいの?」

美杏がフラれるとき=私の人生のターニングポイントだ。

「私が日本に帰るよ。そんでまた旅行行こう。四月とか花粉がうっとうしいから、沖縄とか北海道とか、花粉の少ないとこ行こーよ」

「え、でも旦那さんは？」

「あっちはまだ北京に居ると思うけど、私はとりあえず帰るわ。いいよ。帰国する。その代わり男紹介して」

「本気で？　どんなの？」

「ううん次は七十代……アラセブも視野に入れて考える。今の夫はまだまだ若すぎた。なんかまだ青くさいこと言ってたから」

暁蕾にキレられたあと、結局浩宇からは一度も連絡が来なかった。いくら彼女に見張られてるとはいえ、どうしても私と連絡が取りたかったら、隙を見て一本の電話くらいしてくるだろう。つまり私にはあんまり関心が無かったってことだ。もう自分の好みとかは捨てて、ドライにターゲットを絞る時期に来てる。

「にしてもアラセブって、下手したら親より年上になるでしょう？　親、泣くよ。もうパパ活通り越してジジ活じゃん」

「親には知らせないから大丈夫」

「せっかく結婚したんだから頑張るって言ってたじゃん、もう旦那さんと上手く行かなくなった？」

「上手く行ってたし、これからも頑張るつもりだったよ」

思わず本音を言ってしまって、ウッと泣きそうになった。やあ、ふざけるな。泣いたりは絶対しない。意見が合わないながらも結構仲良くやってきた二人だったけど、でもしょうがない。自分にも、夫にも、今ある可能性をあきらめてほしくない。

「でも私は日本の温泉にも行きたいんだよ。ゆっくり湯けむり見ながら露天風呂に浸《つ》かったあと、美味しい懐石料理の刺身を食べたいんだよ。あとだいぶブランクあるけど、また店に逆戻りで銀ホスやろうかな」

「銀ホス?!　私たちの働いてたあの店あったとこ、銀座っていうかほぼ新橋じゃん」

美杏と共に、けたたましく笑い声を上げる。オマエこれからどうすんの、とヘラヘラ笑いながら、私が私に訊いてくる。知んない、何も考えてない。就職のアテも無いし働く気も無いし次の男も見つかってない。でも、いいんだ。私は北京を嫌いになる前に、北京から出る。長く居すぎた観光客の気分で日本に戻る。深い経験はしたくなかった。表面だけ舐める楽しみ。トッピングのチェリーだけつまんで食べてきた人生。このままではいつか上手く行かなくなるなんて、私でなくても分かることだ。

とっても脆《もろ》い木の板の上を歩いていてその細長い木板の継ぎ目には大きな隙間があり、ときどきボコッと踏み外し隙間に足が入るが、下に川のある木の橋でも無し、ただの土とおがくずと埃が靴やズボンの裾口につくだけで踏み外しても何ということも無いのだけど、木板が割れて足を隙間に突っ込んだら、なぜかもう二度と引っこ抜けない気もする。

でも大丈夫、私が私を見捨てる日は永遠に来ない。

「ショウブ姐さんのジジ活も、姐さんがババアになったらもう年上の男はほとんど死んでるからゲームオーバーになるよね」

「大丈夫。私がお婆《ばあ》さんになってもさらにお年寄りの男が生きてるはずだから」

「でもその方法で行くとさ、姐さんは最終的には墓に入った男の相手をするの？　でないと食いぶち稼げないでしょ」

「なわけないでしょ、そうなる前に誰かで手を打つって」

本当だろうか？　確かに二十代が終わるときにも同じことを言ってたし、なんなら今の夫と結婚する前にも言っていた気がする。手を打っても手を打ってもまだまだ続きがある私の替え玉人生。美杏の言うように、いつか玉が全員墓に入って替えがきかないなんてことになるんだろうか？

だとしても知らない。未来の私は今の私じゃない。私はいつでも、今の私の方が大事。この考えでずっとやってきた、今さら変えられない、変えたくもない。

高い国際電話代を払ってまでこのまま美杏と話し続ける価値があるとは思えなかったけど、私はなぜか電話を切れずにいた。

「とにかく帰るわ。すぐ鮨《すし》食べたいから店予約しといて」

「鮨屋ならどの店でもいいの？」

「いいや、予約しといて」

「でもいいの？　中国でしたいこと、もう無いの？」

「うん、もういいの。一番の目的はもうだいぶ前に達成したし」

「何が目的だったの？」

「夫がくれたボーイシャネルのバッグを北京で持ち歩いて見せつけた。私がまだうんと若いとき、ヨドバシカメラで中国語を喋る女の人が、高級時計を爆買いしてたのよ。私は一本も買えなかったのに。それに復讐《ふくしゅう》したい気持ちがあったの」

「バカじゃん。ヨドバシカメラで爆買いって、それさあ、代行業者じゃない？」

「え？　そんなわけないでしょ」

「金持ちそうな人だったの？」

「ううん、全然……」

じゃあ私は代行業者に嫉妬していたというのか。バカじゃん。動揺した私はあわてて画面をオンにし、この前買ったドレスをスマホカメラの前で掲げた。

「ほら、このSHIATZY CHENで買ったドレスすごい綺麗でしょ。四十万もしたんだよ！」

「そのシャッツィーなんとかって、有名なブランドなの？」

「中国では、多分」

「ほんとに？　あたし聞いたこともないけど。ドレスで四十万って、姐さんぼったくられてんじゃない？」

美杏の反応が思いのほか薄くて不満だ。もっと羨ましがって欲しかったのに。やはり日本で誰も知らないブランドだと威光が弱まるか。そう思うと良いと思って買ったドレスの威光も段々弱まってきた。普通に分かりやすく、シャネルにしておけば良かった。がんばって買ったけど、中国でだけ有名なブランドの品を持ってたって日本に帰れば誰も目に留めないし、羨ましがらないだろう。だからみんな世界中の人が知ってるエルメスとかシャネルとか買うのか。でもなんか初めてそーいう消費行動が虚《むな》しいかもって思えてきた。いいものを身につけてるって本当にブランドのロゴが無くても心から思えるのか。

あ、シャネルもブルガリもエルメスも精神勝利法だ。持ってると勝てるから、立地条件が違うだけでマクドナルドぐらい世界中どこにでも店舗があるめずらしくもないシャネルを、店の前で列を作ってまで中に入り、みんな高い金を出して買うんだ。無論シャネルの品質の真価に惹《ひ》かれて買う人もいるだろう、でも私は違う、全然違う。勝てるから買うんだ。私はシャネルは人の強い部分ではなく弱い部分だと思う。だって弱ってるときほど欲しくなる。持ってるだけで自尊心が回復するバッグなんて他にあるだろうか。そういう意味では、無人島における法螺貝ぐらい実用的だ。しかしシャネルが無いと勝った気になれないなんて、なんて情けないんだろう。夫の話してくれたあの阿Qという男は、実在しない自分の息子の優秀さを想像して優越感を抱いていたというじゃないか。年々高くなっていくシャネルに何十万も出さなくても、自分の脳で無から有を生み出す、これ以上の錬金術があるだろうか。


「決めた、私のこれからの人生目標」

「なに、教えて」

「シャネルが無くても完全勝利できる女になる」

「は？　どういうこと？」

「つまりさぁ、男も高級バッグも経歴も魅力も持ってないのに勝ってるのが、勝ってると完全に思い込んでる女が、一番強いんだよ。シャネルも持たないで女も磨かずに、この私のままで、永久に世界に完全勝利するの」

「はぁ？」

「精神勝利法を極めるの。こんな難しいことできる人、他にいる？」

美杏は声を出して笑い、笑い続けながら言った。

「姐さん、アタマ大丈夫？」

初出　「すばる」二〇二三年六月号

装画　はらわた ちゅん子
装丁　佐藤亜沙美

綿矢りさ（わたや・りさ）

一九八四年、京都府生まれ。二〇〇一年『インストール』で文藝賞を受賞しデビュー。〇四年『蹴りたい背中』で芥川龍之介賞受賞。一二年『かわいそうだね？』で大江健三郎賞、同年に京都市芸術新人賞、二〇年『生のみ生のままで』で島清恋愛文学賞受賞。他の著書に『勝手にふるえてろ』『私をくいとめて』『オーラの発表会』『嫌いなら呼ぶなよ』など。

パッキパキ北京《ペキン》

二〇二三年一二月一〇日　第一刷発行

著者　綿矢《わたや》りさ

発行者　樋口尚也

発行所　株式会社集英社
〒一〇一－八〇五〇
東京都千代田区一ツ橋二－五－一〇
電話　〇三－三二三〇－六一〇〇（編集部）
〇三－三二三〇－六〇八〇（読者係）
〇三－三二三〇－六三九三（販売部）書店専用

印刷所　大日本印刷株式会社

製本所　加藤製本株式会社

ISBN978-4-08-771857-7　C0093
定価はカバーに表示してあります。

集英社　綿矢りさの本

集英社文庫

『意識のリボン』

母親を亡くした二十代の「私」は、「絶対に長生きするからね」と父に誓ったのに、交通事故に遭ってしまう。激痛の嵐の中、目を開けると二メートルほど下に自分の身体を見下ろしていて……。表題作ほか、姉妹、妻、母親—様々な女たちの視線から世界を切り取り、人生を肯定するあたたかさを感じさせる。著者新境地の全八編の短編集。

集英社文庫

『生《き》のみ生《き》のままで』（上・下）

二十五歳、夏。恋人と出かけたリゾートで、逢衣《あい》は彼の幼なじみと、その彼女・彩夏《さいか》に出逢う。芸能活動をしているという彩夏は、美しい顔に不遜な態度で、不躾な視線を寄越すばかりだったが——。彼女の肌が、吐息が、唇が、舌が、強烈な引力をもって私を誘う。女性同士の鮮烈なる恋を描いた、第二十六回島清恋愛文学賞受賞作。